私の本当の気持ちは誰にも言
決めたん
俺の彼女役
頼まれてくれない？
彼女日替わりで有名な青井先輩と
どうしてこんな会話をしているのかー……
…っ
キッ
先輩とだけは付き合わないっ
JN180067

じゃあせめて友だち役になってよ
ザワ
ザワ
ザワ
ゴ
ゴ
ゴ
ゴ
……
あんたなんなの?
ギロッ
青井の彼女?!
えっ…
違います友だちです
俺さ
実はこいつのこと好きなんだ
はぁ!?
サーッ
♪

プッ
プッ
先輩
ほんとひどい
悪かった
悪かった
しぽんっ
なにかあれば
すぐに言って
そしたら
俺はいつでも
駆けつけてやるよ
守って
やるから

仕方ないですねぇ もうしばらく付き合ってあげますよ
私は知ってる 先輩が誰を想っているのかを…
私 本当は先輩が好き
だけど言わない
もう少しだけ先輩のそばにいます
だから先輩もっと笑ってー…

野いちご文庫

キミと初恋。

浪速ゆう

スターツ出版株式会社

contents

characters

sota Aoi

青《あお》井《い》颯《そう》太《た》

超絶イケメンだけど、「彼女日替わり」の遊び人。花屋の息子で、花言葉に詳しい意外な一面も。

Kasumi Saito

斉《さい》藤《とう》かすみ

いたって普通の高校1年生。地味な花の名前がコンプレックス。なぜか青井先輩の友達になることに…。

キミと初恋。

Ryoko Konno

紺《こん》野《の》良《りょう》子《こ》

かすみのクラスメイト。いつもはおおざっぱだが、いつもかすみの本心を言い当てる、頼れる親友。

Fuka Saito

斉《さい》藤《とう》風《ふう》花《か》

かすみの姉。モデルにスカウトされ、東京で暮らしている。かすみとは離れていてもなかよし姉妹。

マンガでもドラマでも
ヒーローの隣には必ずヒロインがいる
だけど、ヒーローは目の前にいるというのに
ヒロインだけはいないんだ

先輩の隣に座る〝彼女〟
それはすべて、まがい物
私は先輩が誰を見ているのか
誰を想《おも》い続けているのかを知っている

だから私も――ヒロインにはなれない

Blue rose

青いバラ

〈花言葉〉不可能

〝かすみ草って地味だけど、ブーケを作る時にそれがなかったら上手《うま》くまとまらないんだ〞

斉藤《さいとう》かすみ。

私の名前ってすごく地味で、ありきたりな名前で、昔から嫌いだった。

だけど、この言葉を聞いた時、初めて自分の名前が少し好きになれた気がした。

ううん、救われたと言ったほうが正しいのかもしれない。

＊

「青井《あおい》センパイ！　こっちこっち」

おいしそうな唐揚げの匂いが私の胃袋を握りつぶそうとしている中、ふと私の目の前を駆け抜ける香水の人工的な香り。

長めボブの毛先をふんわりと巻いた彼女はきっと、私のひとつ上の先輩だ。彼女の結んでいるリボンの色がそれを表している。

「まーた彼女変えたんだ。ほんと続かないよね、青井先輩って」

「わわっ！　りょうちんか、びっくりさせないでよ」

背後からぬっと現れたクラスメイトの〝りょうちん〞こと紺野良子《こんのりょうこ》。

お昼時で賑《にぎ》わう学食内はたくさんの生徒でごった返していて、そのおかげでりょうちんが私の背後にいるなんて気づきもしなかった。

しかもりょうちんは、あえて私が振り向いた瞬間に目と鼻の先に当たる距離にまで顔を近づけて、明らかに驚かそうとしていたに違いない。思わず手に握りしめていた財布を落っことしそうになってしまった。

「なーによ、あたしが近くにいることも気づかないくらい青井先輩に見入ってたっての？」

りょうちんが嫌味を言う時のクセ、犬歯がよく見えるくらい口をにっと開き、拳をその口元に当てている。

「りょうちんってば明らかに私を驚かそうとしてたじゃん」

「いやいや、あまりにも青井先輩に熱い視線を送ってるから嫉妬しちゃったんじゃん？」

「してないし！」

熱い視線って……そんなに露骨だったかな？　否定したものの、ちょっと不安になってみたりして……。

ちらりとりょうちんを見やると、「ほらやっぱり、先輩を見てたんじゃん」なんて言いながらまたししっ、と笑っている。

「まぁ、いいんじゃん？　青井先輩はそういう存在だし」

「何それ、そういう存在ってどういう存在よ」

「だってほら、見てみ」

そう言ってりょうちんは青井先輩がいる周辺に向けて指を差した。私はりょうちんの言う意味をすぐさま理解して、あえてそこから視線を逸《そ》らした。

りょうちんの指さす方向には、青井先輩目当ての女子がたくさんたむろっている。決して広くはない食堂内、どことなく食堂内の空気が薄く感じるのは、きっと先輩ファンのせいだと言っても過言ではないと思う。

「あれだけモテれば彼女なんて選び放題だよねー、ってか実際そうだし」

「まぁ、顔はいいもんね」

なんて、本当は顔だけじゃないってことは私だって知っている。

スポーツもできるし、背も高くて頭だっていい。

目が悪いのか、授業終わりの時間、先輩の教室前を通った時に眼鏡をかけているところを見かけたことがあるけど、それすらもカッコよかった。

むしろときどきかける眼鏡なんて、カッコよさ三割増しだった。

それに今はあんな感じだけど、本当はとても笑顔が似合う優しい人なんだ。

「だからかすみもそんな遠くから見つめてないで近くに行ったら？　そしたら次の彼

女になれるかもよー、しししっ」

「しししっ、て……そんなコロコロ変わる彼女のひとりになるなんて、私ならごめんだ。だいたいみんなもよく付き合おうなんて思うよね。彼女って言ったって、たった数日だけのまがい物じゃん」

「自分だけはそうならないぞ☆　なんて、めでたいことを考えて挑む結果なんじゃない？」

りょうちんは拳を作った右手で自分のこめかみをコツンと叩《たた》きつつ、ペロリと舌を出した。明らかに人を小バカにしている態度だ。

でもたしかにりょうちんの言うとおり、それは本当にめでたい話だと思う。

「みんな、どんな気持ちで付き合ってるんだろう……」

毎日のように変わる先輩の彼女。彼女たちはどんな気持ちで付き合っているのだろう。先輩は、どんな気持ちで彼女たちをそばに置くのだろう。

「どんな気持ちって、まぁ、ある意味宝くじに近いんじゃん？」

「何それ、どういう意味？」

心の中で思った言葉が口を突いて出ていたことに驚きつつ、そんな私の言葉に対するりょうちんの返答の意味に首をかしげた。

「一攫千金《いっかくせんきん》を狙っての大勝負って感じじゃん？　宝くじは先輩と付き合う切符。もしそれが当選すれば、先輩の気持ちがもらえる……カモ？」

カモ？……って、疑問系なところがリアルだよね。

「その当たりくじって、間違いなく倍率高いよね。それも詐欺かってくらいに」

「でも詐欺かってくらい倍率高いことを知りながら、みんな宝くじを買うじゃん？

それがほんと不思議だよねー」

「まぁ、それが好きな人は買うんじゃない？　だってあれじゃ……」

私はチラリと先輩がいるほうを見やる。彼女がうれしそうに先輩の隣でサンドイッチを頬張る中、先輩は淡々とした様子で日替わりランチを食べている。

そんな様子を見つめるまわりの女子たちから漏れ出るピンク色の吐息が見てとれて、
私は思わず口を閉じた。けど、私が言いきらなかった言葉の続きを、りょうちんが代弁してくれた。

「タダ同然の宝くじ、だし？」

自分と同じ意見だけど、人から聞くとどこか居心地の悪い言葉だと思った。

私はりょうちんの言葉に思わず苦笑いをこぼしつつ、先輩から目を背けた。

「だからさ、かすみもこーんな遠くから見てないで、一攫千金狙ってみたら？」

りょうちんは再び犬歯を見せながら、しししっと私に笑いかける。

一攫千金狙って、って……。

「私はいい。宝くじなんて必要ないし」

「本当にいいのかなー？　だってタダなんだから試してみりゃいーじゃん？　当たればラッキー、当たらなければ他の女子と同じ。そんだけっしょ？」

そんだけって……私にとってはそれ、かなりハイリスクだし。

「私は別に先輩と付き合いたいわけでも、先輩のこと好きなわけでもないんだから」

「だからいーんじゃん」

キョトンとした表情でりょうちんは私を見つめる。なに言ってんのって顔で。

「もしかすみが本気で先輩を好きだって言うんなら、あたしはオススメしないよ」

「えっ、なんでよ？」

ときどきりょうちんの言っていることが理解できない時がある。

りょうちんとは、家から離れたこの高校で出逢《あ》った。サバサバとした性格に一種の清々《すがすが》しさを感じて、出逢った当初からクラスの中で一番仲よくしているけど、ときどき掴《つか》めないことを言う。

「かすみがもし青井先輩のことを本気で好きなんだったら、むしろ近づかないほうがいいよ」

「だからなんで？　本気だからこそ応援しようってならないの？」

普通友達だったら、恋の応援してくれるものじゃないの？

「するよ、本気で応援。だけど、青井先輩はダメっしょ。だってあの人、きっとかすみに振り向いたりしないと思うもん」

――バッサリ。なんて力強い言葉をこうもあっさり言ってのけるのか。

しかも澄んだ瞳で真っ直《す》ぐ見つめてくるあたり、私の知っているりょうちんだ。

りょうちんに言われなくたって、そんなことは重々承知だ。むしろ私のほうがそのことについてはよく知っている。りょうちんが言う以上にわかっている。

けれど人に面と向かって言われると、こうもダメージがあるものなんだな。なんて、そんなふうに思ったことを悟られないように、私は必死に笑顔を取り繕った。

「いやいや、さっきまで一攫千金狙えとかなんとか言ってたよね？　それって話の辻《つじ》褄《つま》が全然合ってないけど？」

「宝くじなんてのはね、当たればいいなって思う程度が一番いいに決まってるじゃん。今月お金がピンチで、宝くじが当たらないと生活が困るんだー！　なんて状態で宝くじ買う人は当たらなかったらどーすんの、って話っしょ？　むしろ宝くじなんてものに頼ってないで堅実に生きろって話じゃん」

「……なんか、話が大きくなってる気がする」

「でも間違ってないっしょ？　それと一緒ってこと」

りょうちんの言いたいことはよくわかる。

青井先輩はタダ同然の宝くじ。だから当たらない可能性はとても高い。だからこそ期待してはいけない。

期待しすぎると外れた時のショックはとてつもなく大きいから。

「宝くじなんてのは、当たるかも？　って考えるくらいでちょうどいいに決まってる。あれは夢を見るために買うんだから」

なんか、流暢《りゅうちょう》に言っちゃってくれてるけどさ……。

「りょうちんってさ、この年で宝くじ買ったことあるの？」

ってか私は買ったことなんてないから、高校生が買えるものなのかもわからないんだけど。

「買ったことあるわけないじゃん。うちのパパが毎年年末に買ってくるんだよねー。いっつも三〇〇円しか当たったことないんだけどさ。その受け売りってやつ？　しししっ」

そう言ったりょうちんは、拳を口元に当てて笑った。

まぁ、そりゃそうか。りょうちんは適当そうな性格に見えて意外と堅実的なところがあるから、さすがにそれはないか。

「んで、どっち？　かすみは先輩のこと本気？」

「んなわけないじゃん。そもそも好きだなんて一回も言ったことないでしょーが」

「でも先輩のこと、よく見てるじゃん？」

え、本当に……？　その言葉には、さすがの私の心臓もドキリと大きな音を立てた。

「い、いやいやいや。そんなことないし」

「ふーん。そーかなぁ？」

りょうちんってば、クリクリお目目をこれでもかってくらいに細めている。

これは完全に疑っている目だ。

「ってか、先輩は目につきやすいんだよ。私が先輩を見てるとしたら、それが理由に決まってるでしょ」

「まぁねー。なんだ、つまんないなぁ」

意外とあっさり引いてくれたりょうちん。単にカマかけただけだったと知って、ホッと安堵《あんど》の息を心の中でこぼした。

「ちょっと、私で遊ぶのはやめてよね！」

りょうちんは私をいじり飽きたのか、ポケットから財布を取り出し、食券の券売機へと向かった。

私がその後ろを追いかけた時、ちょうど青井先輩は食べ終えたのか、彼女をその場に残して立ち去ろうとしているところだった。

彼女も慌ててサンドイッチを頬張り、先輩のあとを追いかけるけど、歩調なんて合わせる気はさらさらないのだろう。先輩はさっさと食堂を出ていってしまった。

「ねぇ、かすみ」

りょうちんに呼ばれて、私は慌てて券売機のほうへ視線を戻す。けど、りょうちんはまだ食券とにらめっこして、私のほうは向いていない。

「んー？　あ、りょうちん何買うの？」

「カレーうどん」

「いいね、私もそれにしよっかなー」

「真似《まね》するなよ」

「いーでしょ、私もカレーうどんの口なんだから」

私はふてくされつつ、りょうちんが食券を受け取ったのを確認してから券売機にお金を入れた。

「ねぇ、かすみ」

「何よ、もうカレーうどんの券買っちゃったんだからね。真似するなって言われても無理だからね」

ってか私だって食べたいんだから、真似も何もない。そう思って食券を握りしめて顔を上げると、りょうちんはもう私のほうを向いていなかった。

「先輩のこと、本気じゃないんだったら付き合ってみるのはありだと思う。たった一日だったとしてもあんなイケメンと付き合える機会なんて滅多にないじゃん？」

「だーかーらー、そもそもそんな気持ちすらないってば」

まだ言うか……そう思いつつ、私が口を尖《とが》らせて言い返してみるけど、りょうちんは食堂のおばちゃんがいる注文口に向かいながらぼそりと言った。

「でもさ、もし本気なんだったらやめときなよ。かすみが傷つくだけなんだからね」

「だーかーらー」

私は言い返そうとしたけど、りょうちんは聞く気なんてさらさらないのか、「お願いしまーす！」なんて元気よく、食券を食堂のおばちゃんに渡していた。

＊

「なんでその子がそこに座ってんのよ⁉」

ザワザワと騒がしい食堂内が、一瞬で静まり返った。人でいっぱいなのに、異様なまでに静かになった。その沈黙を破ったのはヒステリックに叫び声を上げた女子だ。

「あたしたち、昨日付き合い始めたよね？」

ひゃー、修羅場だ。

傍観者たちは渦中にいる人たちを見ようとして、あたりは寿司《すし》詰め状態だ。

私たち一年の校舎は食堂から一番離れているせいで、いつも私たちがここにつく頃は上級生たちでいっぱいだった。だから席はいつも取り合いで、空くのを待つか、入り口側の寒くて狭い席くらいしか空いていない。

今日は授業が少し早く終わっていい席を取れたと思った矢先、背後の席に青井先輩がやってきて、私はいつもよりドキドキしていた。いつも女子に囲まれている先輩のそばに来れてラッキー、なんて思っていたのに……。

「付き合ってって言ったらOKしてくれたじゃん」

彼女はこないだ見た人とは違う。先輩は週になん人彼女を変えれば気がすむのだろう。そう思っていた矢先、私の背後に座る先輩が口を開いた。

「ああ」

あ、先輩の声がいつもより近くで聞こえる。そんなことだけで私の心臓は素直に喜びの音を奏でていた。こんな状況だというのに……私もなかなかの野次馬だと思う。

「じゃあ、隣に座ってるその子は誰⁉」

ぴしゃりと言い放つ彼女の言葉には、怒りしかなかった。ことは私たちの背後の席で起きているため、姿はいっさい見えないけど、ボルテージが上がりきっている様子はその声色を聞けばよくわかる。

誰もが耳をそば立てている中、青井先輩は焦る様子も悪びれる様子もなく、サラリと一言こう言った。

「俺の彼女だけど？」

私は思わず、息をのんだ。

「サイテー」

「りょうちん！　しっ！」

りょうちんが突然言い放った言葉に、私は思わず彼女の口を塞《ふさ》ぐ。私の声はもちろんのこと、りょうちんの声も決して大きいわけではなかった。けど、これだけ静まり返った食堂内、その上背後には渦中の方々。聞こえてなかっただろうか……と、聞こえていないことだけを祈って、私は静かに耳をそば立てた。

「何それ！　あたしとその子、二股ってこと⁉」

……どうやら、私たちの声は届いていないみたいだ。思わずホッとため息をつき、りょうちんには口を挟まないようにキッと睨《にら》みつけてから、彼女の口を塞いでいた手を離した。

「二股じゃないけど」

「じゃあ、どういうことか説明してくれるんでしょーね！」

青井先輩に彼女だと紹介されたはずの女子は、怒り狂ったもうひとりの彼女を恐れてか、いっさい口を開かない。後ろを振り返れる状態ではないからただの勘だけど、声がいっさい聞こえない様子からすると間違いではないと思う。

私を含む外野は、先輩がなんて返事をするのか、耳をダンボにして待っている。待つ時間は思ったよりも長く感じて、とてももどかしい。実際は数秒のことでも、この状況が私にそう感じさせた。

「説明って言われても、お前とはもう付き合ってるつもりもないんだけど？」

サッ、サイッテー……。

思わず口からこぼれそうになったその言葉は、口から飛び出す直前になんとか喉へと押し戻した。と、同時に、同じように動き始めたりょうちんの口を今度は両手でしっかりと押さえることにも成功した。

「サイテー！」

金きり声が背後から聞こえたと同時に、勢いよく水が跳ねる音が聞こえた。けど、実際は水が跳ねたわけじゃないんだと思う。だって私の首筋にも冷たい水が飛んできたから。私は驚いたフリをして後ろを振り返ると、予想していたとおりの景色がそこにはあった。

振り返った先には髪が濡《ぬ》れた先輩と、その隣でただ震えているNEW彼女。そして、机を挟んだ向かいには怒りで顔を真っ赤にしつつ、手には空になった食堂のプラスチックのコップを持った元彼女。コップには今さっきまで水が入っていたことを、滴る水が物語っていた。

「別れようなんて一言も言われてないんだけど！」

「じゃあ、今言う。俺、あんた無理だわ。バイバイ？」

濡れた髪のせいで先輩の頭はいつもより小さく見える。いや、顔も頭ももともと小さいのだと思うけど。そんな頭をかしげながら冷たい言葉を投げる先輩は、正直、いい死に方をしないと思う……。

「ふざけんなっ！」

パコンッという音とともに、怒り狂った先輩の元カノは、少し距離を置きつつ好奇の目で行く末を見守っていた聴衆の人混みをかき分けて食堂から出ていった。

元カノが最後に投げたプラスチックのコップが青井先輩の胸元に当たり、それはそのまま床に転がっている。カラカラカラ……なんて虚《むな》しくも乾いた音だけが、異様にも感じるこの空気を切り裂いた。

「……せ、先輩。大丈夫ですか……？」

あっ、やっと隣に座っている今カノが口を開いた。よくよく見てみると、今カノは私と同じ一年生だ。昨日まで付き合っていたという元カノのリボンの色は紺色だったから、元カノは青井先輩と同じ三年生。

なるほど、どうりで口を挟まなかったわけだ。まぁたしかに、あの勢いだったら、先輩後輩なんていう上下関係なんてなくても怖くて口は挟めないよね。

「ああ、大丈夫だ」

彼女は心配そうにポケットからハンカチを取り出し、青井先輩の濡れた髪を拭こうと手を伸ばしたけど、先輩は首を曲げてそれを拒否した。

次の瞬間、先輩が立ち上がったのを見て、私とりょうちんは慌てて前へ向き直った。そして、今カノを置いたまま、その場を去ろうとする青井先輩へ道を開けるように聴衆も散り散りになり、時が止まったように静かだった食堂内は騒がしさを取り戻し始めていた。

「昨日の今日で別れるってさ、マジでターン早くない？　今までも付き合う期間短いとは思ってたけどさ」

先輩が出ていったのを確認してから、私もりょうちんの意見に首を縦に振って同意した。

これはさすがに……。たしかに今まで付き合っていた彼女はたくさんいたけど、一日というか、今回のはたぶん一日も持ってないし……。

さっきまで後ろにいた先輩の席を見やると、そこには食べ残された日替わり定食だけが虚しく残っている。今日はフライの盛り合わせ。なのに、せっかくの白身や海老のフライが水浸しになっていた。隣に座っていた今カノも、いつの間にかそこにはもういなかった。

私は伸びきった自分のお昼ご飯であるラーメンに向き合いながら、さっきの出来事を思い返していた。

「お昼も彼女も日替わりかぁ……」

そんな言葉が思わず口からこぼれ落ちた時、隣に座るりょうちんが爆笑した。

「あっはっはっ！　たしかに！　かすみってば上手いこと言うじゃん」

「いや、りょうちん笑いすぎだから」

そう言った自分もなんだけど。

「でもマジで先輩はゲスだね。いくら顔よし、頭よしのハイスペック男子とはいえ、あれはいつか刺されるんじゃない？」

「こっ、怖いこと言わないでよ」

ありえそうで怖いし！

「だってさー、今月だけで何人彼女できた？　あたしもう数人思い出せない人いるんだけど。そもそもあたしが知っている限りって話で、それが全員なのかもわかんないしさー？」

うん、たしかに。私も食堂に来るたび隣に座る彼女を見てカウントしていたけど、その数が正しいのかも正直わからない。

「まぁしかし、先輩の心を射止める相手っているのかねー？」

「さぁ、どーかなぁ」

なんて、本当は知っている。私は先輩の心を射止めた相手を知っている。先輩は今も彼女のことが忘れられないんだと思う。

「先輩はきっと、誰のことも好きじゃないんだよ」

そう、あの人以外は。先輩のことを射止めた、あの人以外は。

きっと今も、先輩の心の中にはあの人がいて、先輩の心を離さないんだ。

「まぁ、そうだろうねー」

りょうちんが私の言葉に賛同してくれた、その時だった。

「——お前に何がわかるんだよ」

クリアな声は私の心臓をひと突きにした。それは、私のすぐ真後ろからだった。麺が伸びきってむしろ買った時より量の増えたラーメンに箸を突っ込んだ、その瞬間だった。

「お前に何がわかるっていうんだよ」

もう一度、言葉は私の背中……ううん、今度は頭上から突き落とされた。ラーメンに突き刺した箸が持ち上がらない。むしろ金縛りに遭っているみたいに、体が硬直して動かない。

振り返らずともわかりますとも。今、私の背後にいる人物が誰なのか。

こんな空気の中、元気よく「ごっそーさん！」なんて言いながら両手を顔の前で合わせるりょうちん。いったいどんな神経してんの？と思いながらりょうちんを見やると、りょうちんは小さくベロを出しつつウインクして立ち上がった。

「かすみ、先行ってるねぇ！」

は、はぃ⁉　なに自分は関係ないって顔して、そんなこと言っちゃうかな⁉

捨てゼリフかのように言い放ちながら立ち上がったりょうちんを必死に引き止めようとして、私は慌てて彼女の腕を取ろうとした。

「ちょ、りょう――」

りょうちんはひらりと私の手をかわして、ししししっと笑いながらも、上手く人混みに紛れるようにして、脱兎《だっと》した。

私はどうしたらいいのかわからず、ひとまず私もこの場から逃げることを考えた。けれど、そんな私を逃がしはしない、と言いたげなオーラを放つ先輩は、私の反対隣の席にドカリと勢いよく座った。

「なぁ、いつまで無視する気？」

ああ、なんで……。なんでこんなことに……。

完全に逃げ遅れた私は観念して、声のする反対隣へと振り返った。

振り返ってみると、すごく近い距離に顔の整った美青年が長い足を窮屈そうに組んでこっちを見ていた。肘をついて私をじっと見つめる先輩……直視なんてできません。さっきの件でほんのり濡れた髪が、またイケメン度を上げているように思う。

水も滴る、とはこのことか。なんて、そんなこと考えている場合じゃないのに。

「俺、あんたになんか迷惑かけたことあった？」

「……へっ？　いやぁ……」

先輩がいるといつも以上にお昼の席が混むので、それは迷惑しているかも。でもそれくらいかな。って、そんなこと口が裂けても言えないけど。

「つーか、もしかして……」

長いまつ毛を揺らしながら大きく見開いたほんのり茶色の猫目が、びっくりするくらいきれいに私を映し出していた。私は一瞬、その表情にドキリとした。

……のに。

「俺、もしかしてお前と付き合ったことあったっけ？」

……はい？

「悪りーけど、覚えてねーわ」

私の中で何かが音を立てて崩れ始めた。

覚えてない……？　自分が付き合ってきた彼女のことを……？　いや、ええ、そうでしょうよ。何せ私付き合うどころか、この学校に入学して先輩と会話するのすら初めてなんですから。

そんな相手に対して、付き合ったことあるかどうかよく聞けるものだ。自分が付き合ったことがある元カノの顔も覚えていないなんて最低すぎる……。

ガラガラガラという音が、私の中にいる青井先輩のイメージをどんどん曇らせ、壊していく。

そしたら目の前が真っ暗になって、気がつけば私は先輩を——どついていた。

「いってぇー！」

その声に、イケメンが目の前で胸元を押さえながら唸《うな》るその姿に、私は我に返った。

「あっ！　ご、ごめんなさい！」

「ゲホッ！　どんなバカ力だよ、ゲホッ」

思わず手が出ていた。女子のパンチとはいえ、昔空手を習っていた私の突きはなかなか効いたに違いない。もちろん手加減はしているけれど……。

「本当に、すみませんでした！」

こうなったらもう、ここは逃げるが勝ち！　そう思った私は、先輩がむせて立ち上がれないのをいいことに、一礼をしてからそのままその場を立ち去った。

いつもなら外野のひとりだったはずなのに、今回はどうやら渦中の真ん中にいたようだ。食堂を出ようとしたら思った以上に聴衆が私のまわりを取り囲んでいた。

イケメン青井先輩を殴った一年女子……。

危険人物とでも言いたげに、避けるように道を開けてくれる聴衆。そんな聴衆の目から逃れるように、私は走ってその場をあとにした。きっと自己ベストを更新したに違いない。

後ろを振り返らず、一番遠く離れた一年校舎へと向かった。心の中で、神に祈りを捧《ささ》げながら。

これが夢でありますように、と——。

＊

現実は、残酷だ。

私が先輩を殴ったのは、昨日のこと。あの事件のことが学校中に広がるのは針に糸を通すよりもたやすい。自分で言うのもなんだけど、そもそも青井先輩を殴る女子なんてそういないと思う。というかいないだろう。

「かすみってさ、見た目は大人しそうに見えるのに、案外中身激しいよね」

「りょうちーん……」

私は机にへばりつきながら、りょうちんに甘えるような声色で助けを求めた。

助けというか、救いというか……。昨日からずっとまわりの視線が痛くて、なれるものなら私はもう、教室のほこりにでもなりたいくらいだった。

「ってか、りょうちん酷《ひど》くない？　なんで昨日あそこで私を置いてくかなぁ？」

「あたしは自分の身を守ったまでだし」

「友を捨ててもか！　酷いな！」

「今のご時世、自分の身くらい自分で守らないでどーする。って、かすみは守ったのか。先輩殴ったのは正当防衛ってやつっしょ？　ししし っ」

「……もうそれは忘れて」

傷口に塩をぐりぐり擦りつけてくるりょうちん。先輩のこと散々最低だのなんだの言っていたけど、りょうちんもなかなかじゃないか。

みんなが虜《とりこ》になる青井先輩にりょうちんは引っかからない。それはきっと、こんな性格のりょうちんだからこそ、彼女は青井先輩に惹《ひ》かれたりしないのかもしれない。どことなく似た性格しているから？　なんて思ったりもしたけど、りょうちんはしっかり者だからちゃんと他校に彼氏いるからなんだろうな。

そんなことはどーでもいいとして、問題は先輩を殴ってしまったということ。今回のは正当防衛というか、先輩の言葉にイラっとしただけなんだけど……。

付き合った人たちの顔も覚えていないのか。曲がりなりにもあなたの彼女だった人たちでしょうが。そう思うとなんだか悲しみにも似たイラ立ちが、もくもくと……。

人がどーでもいいことを考えながらこの場をやりすごそうとしているというのに、教室内はまたザワザワと騒ぎ始めた。

　今朝クラスについた時のざわつきったらなかった。昨日の情報を知らなかったクラスメイトも、さすがに今朝には耳に入ったようで、私のまわりはとても騒がしかった。けど、今回はそれ以上。

　なんだろう?と思って、伏せた顔を上げようとしたその時――。

「おーい、斉藤ー。お客だぞー」

　クラスメイトの男子が教室の入り口から私の名を呼んだ。その声に反応して、声のするほうを見やった瞬間――私の背筋は凍りついた。

「青井、先輩……」

　私のことを呼んだ男子は、どこか楽しそう。きっと、ひと波乱起こるのを待っているのだと思う。

　なんてこった……。私の心の中は荒れ狂っていた。そんな荒波に稲光が落ち、その雷撃に私の心臓は死にかける寸前だった。

「……呼び出し食らった女子はかすみが初めてかもよ。しししっ」

　しししっ、じゃないし。りょうちんはそう耳打ちしたあと、さっさと私の席を離れていった。

ああ、神様。どうか御慈悲を――。

そう神に祈りを捧げながら、私を呼び出した青井先輩の元へ足を引きずりながら向かった。親指を天井に突き立てて、グッドラック、そんな言葉を残して。

足がもつれて上手く歩けない。こんな少しの距離なのに、なかなか先輩の元へはたどりつけない。まるでドロ沼に足を取られているみたいだ。もし本当にこの教室の床がドロ沼なのならば、どうか底なし沼でありますように。そしたら、そのまま沈んで消えてしまえるから。

……なんて、沈んで消えてしまえるわけないし。教室の床はやっぱりただの床だし。

青井先輩もただのハリボテパネルかなんかだったらありがたいのに、そうじゃないし。鋭く睨む眼光、あれはパネルなんかでは再現できるはずがない。

「あっ、あのぉ……」

「昨日はどーも」

「い、いえいえこちらこそ」

返答がおかしいってことは私だって承知の上だ。だけど、なんて答えたらいいのかわからなくて、つい近所の主婦同士の会話みたいな返事をしてしまった。そしたら青井先輩が「はっ」なんて短く笑い声を上げた。その声に引かれるように逸らしていた目線を合わせると、青井先輩はにっこり微笑《ほほえ》んでくれていた。

ホッと息をつこうとしたのも束《つか》の間、私の腕は先輩の大きな手にがっちりホールドされていた。

「昨日の〝お礼〟がしたくてさー。ちょっと時間くれる？」

お、お礼……？　何それ。よくヤンキーマンガとかで見るお礼参りってやつ……？

それって、超怖いんですけど！

「あー……いやぁ、私ちょっと用があるのでこれにて失礼しま」

「時間は取らねーよ」

私の腕を掴む先輩の手が、さらに強さを増した。

「えっと、ちょっとトイレに」

「つべこべ言わずに来い」

辛抱切れたのか、先輩は私を引きずるようにしてズカズカと廊下を歩き出した。

まわりの視線が痛い。けれど、そんなことも気にならないほど、私は怯えていた。

まるで罪人にでもなったような気分だった。

連れてこられたのは人気《ひとけ》がない校舎裏。これって完全にシメられるシチュエーションじゃん……。

「せっ、先輩。やっぱり私トイレに……」

さっきは逃げる口実で言っただけだけど、今度は本当にお腹《なか》が痛い気がしてきた。

「見てないからその辺でしていいぞ」

……は？　今、なんと？

「それ、お嫁に行けなくなりますから！」

見てないから、とかいう問題じゃないでしょ。鬼か、この人は。

なんだかとても悲しくなってきた。私の知っている先輩はこうじゃなかったのに。

私が勝手にいいイメージを持ちすぎていたのかもしれない。とても笑顔が似合って、いつも優しそうな明るい印象だったのに……。

「あんたさ、俺のこと相当嫌ってんだろ？　なんで？」

「いえ、嫌うなんてそんな……」

「じゃあ好きなのか？」

「えっ？　あっ……」

好き、なのか。

私は──。

私が口ごもっていると、先輩はひとつため息をついた。

「なら、付き合ってやってもいいぜ」

そう言った先輩は、どこか呆《あき》れたような表情で私を見ている。

ツキアッテヤッテモイイ——？

私は思わず拳を握りしめた。いろいろな感情とか想いが私の心を大きく揺さぶって、それを抑えようと必死になって戦った。

「……ふ、ざけないでよ」

昨日は思わず先輩を殴ってしまったけど、とくに空手経験者は人に向けて放ってはいけない。感情もセーブできなければ一人前とも言えない。

だけどこれは、あまりにも悲しい。

「自惚《うぬぼ》れんな！　先輩のことなんか好きじゃないし、先輩とだけは付き合わない！」

気がつけば叫ぶようにしてそんなことを言い放っていた。

私の言葉に目を丸くしてボー然とこちらを見ている先輩のその様子に、私は少しずつ冷静さを取り戻し、上がった熱がどんどん下がっていくのを感じた。握りしめていた拳は汗で気持ち悪くって、解《ほど》いたあと思わずスカートの裾で手を拭った。

私の、バカ……。先輩をつかまえて、自惚れんな……とは、なかなか口が悪い。事の発端は先輩が悪いとは思うけど、それでもやっぱり先輩はふたつも年上の上級生なわけで……。

そんな後ろめたさからか、私は顔を上げれないでいた。

「……ふーん。俺、なんか知らねー間にだいぶ嫌われてたんだな」

キレ返されたとしても仕方ない。って覚悟を決めかけていただけに、先輩のこの反応には少し驚いた。

そしてこのあと先輩が放つ言葉に、私は耳を疑った。

「じゃあ、俺と付き合わない？」

はっ……？

「……は、はい？」

私がテンパりすぎているせいなのかもしれない。全然先輩の言っている意味が理解できなくて、開いた口が塞がらなくなってしまった。そんな理解力の乏しい私を説くように、さっきよりも優しい口調で話を進める先輩。

「だから俺のこと好きじゃないんだろ？　それは俺にとって好都合ってこと。だから俺と付き合ってみないかって聞いてんの」

「いやいや、話の辻褄が全然合わないんですが……？」

好きじゃないから、付き合うの？　なんで？　意味わかんないじゃん。

私があまりにも理解できないせいで、間抜けな顔でもしているからなんだと思うけど、先輩ってば私の顔を見ながら制服の袖で口元を隠しつつ、小さく吹き出した。

「ふっ。だからこれは俺からの依頼だ、依頼。俺の彼女役、頼まれてくんない？」

状況が理解できない私に向かって、先輩はそんなふうに意味不明なことを言った。

〈花言葉〉偽り
Yellow lily
黄色いユリ

「えっ、マジで？　次はあの子なの？」

いつもの食堂。いつものように食堂内はざわつきながらも一定の場所を避けるようにひしめき合っている。

だけど今日はいつもと違うところがある。いつもなら私もあの外野のひとりのはずなのに、今日だけはその渦中の中心にいるからだ。

「みたいよー、青井先輩のこと殴っておいてありえない」

「それも先輩の気を引く作戦だったんじゃない？」

「何それ！　こっわー！　それでよく青井先輩も受け入れたよね！　先輩優しすぎ！」

……勝手なことを言ってくれちゃって。

私が選んだきつねうどん。それにはひとつも箸をつける気にならず、ちらりと隣に座る人物に目を向けた。私の隣にはそう、青井先輩がいる。隣でいつものように日替わりランチを黙々と食べている。それはいつもと変わらず黙々と。

「……先輩、私すごい言われようなんですが」

今日の日替わりはオムライス定食。洋食であるオムライスのサイドメニューとしてサラダと、なぜか味噌汁《みそしる》つき。先輩は味噌汁をひと口飲んだあと、こちらに目を向けることなくこう言った。

「それもお前の仕事のひとつだろ」

「そんなもの含んだ覚えありませんけど」

「オプションはつきものだ。諦めろ」

そう言って、味噌汁を飲み干した。

「あっれー、昨日の子じゃないんだ？」

そう言って嫌味たらしい言い方をしたのは、ふたつ上の先輩。おとつい青井先輩の隣に座っていた元カノだ。散々昨日先輩に文句を言っていたにもかかわらず、またもややってきた。

「はっ、ほんとすごいよね。青井ってばマジで彼女を毎日のようにとっかえひっかえじゃん」

そんな毒を吐き捨てながら、元カノは青井先輩に目を向ける。けど、当人は彼女には目もくれず、黙々とご飯を食べている。私は私で、どうしたものかと思いつつ、とりあえず勇気を出して、口を挟んだ。

「……あの、彼女ではありませんので」

「はぁ？」

目の前の彼女はこれでもかといわんばかりに顔を歪《ゆが》ませた。彼女はふたつも上の先輩だし、性格もキツそう。現にこうも直接嫌味を言ってくるくらいだ。だけど、それでも私は否定したい。私は決して彼女ではないのだから。

青井先輩の元カノは私に侮蔑の眼差《まなざ》しを向けながら、再び毒でも吐くかのようにこう言った。

「じゃあなんで隣に座ってんのよ」

食堂での青井先輩の隣の席は、誰もが知っている特別席。先輩と付き合っている証であり、先輩の彼女の証でもある。

……ただし私を除く、だけど。

こうなったことの発端は数時間前、青井先輩に提案された内容だった。

『──俺の彼女役、頼まれてくんない？』

『……彼女、役？　なんですかそれ』

『毎日のように女が寄ってくるけど、最近じゃもう相手すんのも疲れてきてたとこだったんだ』

それって、モテたことない私への嫌味ですか？　それとも俺モテますってアピールですか？

『しかも昨日見てただろ。あーいう激しいヤツもいるから、もう面倒でさ』

いや、あれは自業自得では？

『それならいっそのこと、誰とも付き合わなければいいのでは？』

『そしたらもっと面倒だろ。いちいち呼び出されたりして告られる回数が増えるからな』

だからそれ、嫌味ですか？　まぁ、言っている意味はわかるけど。きっと実際そうなるんだろうなって想像もできてしまうけど。

『だからって、なんで私なんですか？』

『お前は、俺のこと好きじゃないだろ』

あー、なるほど。そういうことですか……。

やっと意味がわかった。先輩の依頼の意味が……。

『要は私、先輩の風よけ役ですか』

私の言葉に、先輩は天使のような微笑みを浮かべた。普段笑顔なんて浮かべない先輩の笑顔に、私の心臓は無条件で高鳴った。

……だ、ダメダメ！　気をしっかり持って、私！

騙《だま》されてはいけない。笑顔は天使だけど、中身は悪魔だ。笑顔に思わず騙されそうになってしまったけど、この条件を簡単にのんではいけない。

『丁重にお断りさせていただきます』

私は、ぺこりと腰を九十度に折り曲げた。頭を上げるタイミングでそのままこの場から逃げ出そうと思ったけど、先輩は私の行動をお見通しだとでも言いたげに、私の腕を掴んだ。

さっきはそれどころじゃなかったからなんとも思わなかったけど、先輩の大きな手で軽々と掴まれる私の腕に全神経を集中してしまい、逃げるなんて考えはどこかへ消え去ってしまった。

『そう言わず、ひとまずお試しっていうのはどうだ？』

一瞬、それなら……なんて、何も考えずに返事をしそうになり、そんな思考を追い払うかのように頭を何度も振った。

『い、いやいや、お試しとか無理ですから！』

『なんだ、真面目かよ』

『先輩が不真面目すぎるんですよ！』

というか、そういう問題じゃない。お試しなんかで付き合うなんて、意味がない。

今まで食堂で先輩の隣に座っていたのは、先輩の彼女。日替わりランチ並みに短期間とはいえ、彼女たちはちゃんと付き合って、曲がりなりにも〝彼女〟だった。

状況的には同じようなものなのに、彼女でもない私が、先輩の隣にいるなんて、危険すぎる。きっと私は殺される。そんなの嫌だ。彼女でもないのに殺される覚悟なんてあるわけない。

だけど先輩にとっては、付き合っている人が隣にいようと、お試しで私が隣にいようと、それは大差ないんだと思う。というより、一緒なんだと思う。だとしたら、先輩にとって彼女とはなんなのだろう。

今まではきっと、告白されたからとりあえず付き合っていた。ただそれだけ。そこには気持ちどころか、何もない。

だから先輩は次に別の子に告白されればそっちと付き合う……なんて、そんなバカげたことを繰り返していたんだと思う。

『だから俺としてはちゃんとしたいと思ってんだよ。けど、そうしたいと思ってもなかなかまわりがそうさせてくれないからな。俺のイメージがイメージだから仕方ないけど』

あっ、そこはさすがにわかっているんだ。すべては先輩の行動、身から出たサビなんだってことはさすがに。って、それわかってなかったらヤバいか。

先輩の整った顔が空を見上げながら憂えている。そんなアンニュイな表情に、私の胸の奥にある心臓はキュン、と可愛《かわい》らしい音を立てた。……矢先だった。

『あっ、お前もしかして、彼氏とかいたりする？』

先輩は案外私に殴られたいんじゃないだろうか。

『それ、聞く順番おかしくないですか？』

失礼にもほどがある。普通あんな提案する前に聞くのが礼儀ってものじゃないの？　そりゃ私は先輩みたいにモテる容姿なんてしてないけども……。

『私にもし彼氏がいたらどうする気だったんですか』

『なんだ、やっぱりいないんだな。じゃあ問題ないだろ』

そういう問題ではないと思うんですが。

『でも付き合いませんよ。お試しとやらもしません』

『頑《かたく》なだな。でもそれくらいのがちょうどいいけど』

ちょうどいい？

『それ、どういう意味ですか？』

『もしも、途中で好きになられたらそれこそ面倒だろ』

さっきからこの人は……。

『先輩、気づいてないかもしれないですけど、これって殴られたって文句言えないレベルで失礼ですからね。ちなみに私、これでも空手やってましたからね』

この言葉にはさすがにビビッたのか、掴まれたままだった私の腕は解放され、先輩は少しあとずさった。たぶん昨日の、相当痛かったんだろうな。

『有段者が殴るのはなしだろ……』

『いえいえ、段は黒帯からですよ。私が持ってるのは茶帯なので、へなちょこです』

『そんなの知らねーよ。経験者と未経験者の違いはでかいっつーの』

ビビッてる、ビビッてる。そんな顔が引きつった様子でさえイケメン度合いを上げている。

『先輩だって言葉の暴力振るってくるので、あれは正当防衛です』

この私の言葉に考え込む様子の先輩。

『じゃあ、これでチャラだな』

『いいえ、先輩のほうがまだまだマイナスだと思います』

次から次へと放たれるこの暴言の数々。酷いことを言っているという自覚はないのだろうか。無意識で言っているのなら余計にタチが悪い。

『じゃあさ、とりあえず昼を一緒に食うっていうのはどうだ？』

『なんでそんな発想になるんですか』

『それくらいいーだろ。付き合ってもない、ただ一緒に食堂で昼メシ食うだけ。友達同士でもできることだろ？』

『それなら友達同士で食べればいいのでは？』

『ヤローたちと食って何が楽しいんだよ』

いいと思うけどな。というか先輩、お昼の時いつも無口だし、普段から楽しそうではないし。

『女友達誘えばいいじゃないですか』

『いたら誘ってるっつーの』

えっ、本当にいないんだ？　なんて私が驚いた顔をしていたせいだと思う。だから先輩は言葉をつけ加えた。

『友達と思って接したところで、結局は下心ってやつがあんだよ』

先輩はそう言ったあと、心底うんざりっていう顔をしながら私に背を向けた。

ねぇ先輩。それを言ってしまうのなら、やっぱり私は先輩の彼女役なんてできません。だって私……正直に、素直に、自分の気持ちを言ってしまってもいいのなら、私は先輩のことが好きなんですから。

だけど、これは誰にも言えない。これは私だけの秘密。だから先輩とだけは付き合えないし、付き合いたくない。

『頼めるの、もうお前くらいしかいないんだ』

私はじっと先輩の広い背中を見つめていると、先輩は振り向きもせず、そう言った。

さらにこうつけ加えて。

『いい加減、こんなふうに遊ぶのもよくないって思ってるんだ。けど、なんでだろうな……どうしてもひとりじゃ、やめられないんだ』

なんで……なんて疑問形で言ったけど、先輩はきっとその答えを知っているんだと思う。知っていて、もがいているからこそ、私にこんな提案をしてきたんだと思う。

先輩の後ろ姿はどこか悲しそうにも見えて、私は思わず口を開いてしまった。

『先輩……』

私は知っている。先輩には忘れられない彼女がいるということを。先輩がこんなに遊び人になってしまったのも、その人が忘れられないからなんだということも。だから先輩はもがいているんだということも。

それは偽彼女たちを見ていればわかる。先輩は彼女たちを好きじゃない。恋愛対象として見ていない。ただ告白されたから付き合っていただけ。

それって最低だと思うし、女の敵だと思うけど、私は先輩が本当は誰を好きなのか知っているから。だから、先輩は寂しさを埋めるように、彼女のことを忘れるためにまがい物な彼女を隣に置いている。

だから――。

『……友達として、なら』

ねぇ、先輩。むしろ、それなら、先輩のそばにいてもいいですか。

決して友達の一線は越えません。決して私の気持ちは伝えません。もちろん、決して私の気持ちは悟らせません。

だから、それなら、そばにいてもいいですか――？

『……今、なんて言った？　よく聞こえなかった』

先輩はまだこっちを向いてくれない。

『だから、その、友達としてなら……お昼一緒に食べるだけだし』

それくらいなら、いいよね。

『じゃあ昼、毎日一緒にメシ食ってくれるか？』

『まぁ、はい……』

それくらいならいいか。友達として、だし……。そしたら、遠くから先輩を探すことも、外野と同じになって先輩を見つめることもなくなるし。

『……言ったな？』

ぼそりと聞こえた言葉には、一瞬背中がひやりとした。

『へっ……？』

ゆっくりと振り向いた先輩の顔には、眩《まぶ》しいくらいの満面の笑み。

普通ならときめいたっておかしくない先輩の極上スマイルなのに、今だけは悪魔の微笑みに見えるのはなぜか。私は何か、選択肢を誤ってしまったのかもしれない。

『じゃあさっそく今日の昼、食堂で。よろしくな』

そう言って先輩は、私の肩をガシッと組んできた。突然の出来事に一瞬私の心臓が飛び出してしまうんじゃないかと思うほど、心音は高鳴った。

どうか、顔が赤くなりませんように……！

必死になって違うことを考えた。昨日の夜に見たテレビの内容とか、マンガの内容とか。友達だと言った手前、ここで頬を赤らめるわけにはいかない。先輩の友達役、これもなかなか大変かもしれない……なんてさっそく後悔しつつ、私は平静を装った。

「ねぇ、あんた聞いてる？」

「えっ？　あっ、はい！」

青井先輩の元カノのイライラしたこの言葉に、遠のいていた私の意識は呼び戻された。

「だから、彼女じゃないんならなんであんたはそこに座ってんのって言ってんの」

ピシャリと言い放つ言葉はまるでムチのよう。言い方ひとつでこんなにも言葉は鋭くなるんだな、なんて頭半分で思いつつ、私は恐る恐る口を開いた。

「私はその、ただの友達なので……」

私のことは気にしないでください。そう言いたかったけど、そこまで言葉は出なかった。私の代わりに声を発したのは先輩の元カノだった。

「友達？　冗談でしょ。青井に女友達なんているわけないいじゃん」

「いいえ、います。私がそうですから」

怖いけど、ちょっとばかりムキになって言い返す。ここで押され負けたら、ここにはもう二度と座れないし、それでは今までの先輩の彼女たちと同じになってしまうし。付き合ってもないのに、そんなカッコ悪いことってないと思う。

「何それ。青井、そーなの？　この子友達なの？」

元カノはバカにした言い方で、青井先輩にがぶり寄った。

「ああ、彼女は俺の友達だ」

文句あんのかよ、とでも言いたげな冷たい視線を元カノに送りつけながら、先輩はそう言った。

このふたり、曲がりなりにも一度は付き合っていたんだよね？　なんて本気で疑いたくなる先輩の冷たい様子に、さすがの私も苦笑いがこぼれた。

「し、信じらんない……絶対その子、下心あるに決まってんじゃん！　もしくは今、青井の隣に座って優越感にでも浸ってんじゃないの？」

「そんなことありませんから！」

そんなこのポジションにつけ込んで……なんていう下心なんてないし、ましてや優越感なんてあるわけない。

この席、座ってみてよくわかったけど、なんて居心地の悪いことか。これが彼女としてここにいるのなら別かもしれない。先輩の隣に座るのが一種のステータスでもあるし、その座に就きたくて付き合う子がいることは私だって知っている。

でも私はただの友達で、その一線を越えてはならないし、越えたいとも思っていない。そう、正真正銘ただの友達としてここにいて、それなのに元カノには悪絡みされるし、野次馬には陰口言われているし、好奇な目で見られるし……。

先輩が友達としてでもここに私を置きたい理由がやっとわかってきた。先輩の友達役って、なかなか大変で割に合わない。

「先輩ってずる賢いですね」

「なんだよ、人聞き悪いな」

「結局のところ、やっぱり体《てい》のいい風よけ役じゃないですか」

「あっ、気づいたか？」

……ははっ、なんて楽しそうに笑っているけど、こちらは笑えませんから。やっぱりもう一発くらい殴っても文句言われる筋合いはない気がする。

「なに人のこと無視してふたりでボソボソ話してんの！」

ほったらかされていた元カノは、イライラし始め、地団駄まで踏んでいる。きれいに巻いた髪を揺らしながら、きれいにお化粧を施している顔を険しく歪ませながら。

「なんだお前、まだいたのかよ」

そんな元カノのイライラ熱の中に油を注ぐ先輩。なぜそうも簡単に火に油を注げるのか。私には理解し難い。

「……また水かけられても知らないですよ」

私が言った言葉は元カノには届いていないけど、先輩にはちゃんと聞こえるようにぼそりと呟《つぶや》いた。一瞬先輩は身を固くしたあと、机の上に置いていたコップの水を勢いよく飲み干した。これならかけれないだろうとでも言うように。

「ねぇ、私は？　私は友達になれないの？」

い、いやぁ、それはさすがに難しいのでは……？　案の定、隣では先輩が険しい顔を向けている。

「ほら、普通別れたあとは友達になったりするじゃん。それもダメなの？」

「無理だな。だってお前とはもともと友達だったわけでもねーし」

「でも、それならその子も一緒じゃん」

元カノはなかなか引き下がらない。それだけ先輩のことが好きなのだろう。形はどうあれ、どうにかして先輩のそばにいたいのだと思う。

「お前、昨日俺に何したよ？　人に水ぶっかけておいてあるわけないだろ」

「でも、その子だって青井を殴ったんでしょ？　あたし知ってるんだから」

……まぁ、たしかに。私のほうが酷いよね。ただ、一度付き合ったことがあるか、先輩を好きかどうかの差は大きいと思うけど。

――下心。それは、先輩がもっとも嫌っているものだから。

「はぁ……」なんて、ため息つく先輩はすでにめんどくさそう。いや、めんどくさい意味もわかんないけど。だってこれ、先輩の身から出たサビだし。

「そこまで言うなら仕方ねーか……」

先輩は、とても言いにくそうにかしこまった。私も外野も先輩が何を言おうとしているのか、聞き漏らすまいとして静かに次の言葉を待った。元カノに関しては、受け入れてくれると信じ、目を輝かせながら固唾《かたず》をのんでいる。

「本当は言うつもりもなかったけど、仕方ねーな」

先輩は茶色い髪をワシワシと掻《か》きむしったあと、真剣な目つきで私に向き合った。

あれ、なんでこっち？　そう思った瞬間だった。

「俺さ、じつはこいつのこと好きなんだ」

そう言って、先輩は私に小さく微笑んだ。まわりから見たらきっと胸を焦がすような微笑みかもしれない。けど、これは決してそうじゃないってことを私だけは理解している。

「嘘《うそ》よ！」

「何かの間違いでしょ？　ありえない！」

「この世の終わりだ！」

……なんていう聴衆の勝手な言葉が私たちのまわりでわき起こる。それはとどまることを知らない、私を蔑む誹謗中傷《ひぼうちゅうしょう》の嵐だ。

「せっ、先輩！　そんな話ひとつも聞いてないです！」

勝手なことを言うな！　そう思って異論を唱える私は拳を握りしめた。すると先輩は、さらに囁《ささや》くように言葉を続けた。

「そりゃそうだ。ずっと隠してたんだからな」

なんて、普段からは想像もできないほど、甘く優しく言葉を紡いでいく先輩は、超ノリノリだ。ノリノリで私に片想いをしているという男子を演じている。そんな演劇部顔負けの先輩の様子に、外野はさらに盛り上がる。女子はこの世の終わりとでも言いたげの悲鳴、男子は盛り上がるネタに枯渇していたかのように、さらに煽《あお》ろうとするヤジの嵐。

先輩はそっと私の手に自分の手を重ねた。その行動に再び聴衆は悲鳴を上げる。

私の手を握る先輩に反応を示している輩《やから》もいるけど、みんな騙されている。だってこれは、私に殴られるのを恐れた先輩が、私の拳をガードしているだけにすぎないのだから。

「いや、そうじゃなくて……私友達としてって話でしたよね」

「悪い、それは嘘だったんだ。じつは俺もあったんだ、下心ってやつが」

なんてハニカミながら先輩は俯《うつむ》いた。その様子にあたりはさらにエスカレートして盛り上がっている。完全に観衆は騙されているようだ。

だけど、本当はそうじゃない。当たり前だけど、先輩は私に恋なんてしてない。まわりからはわからないだろうけど、俯いた先輩は小刻みに震えている。俯いて、彼は声を殺して笑っているのだ。

はめられた。完全に先輩にはめられた。初めからそのつもりだったんだ。

食堂で私を隣に座らせて、こういうふうに話を持っていくつもりだったんだ。隣に座らせておけば、それだけで他の女子からの風よけになる。そんなふうに考えて提案したんだろうなって思っていたけど、想像以上だった。先輩は、想像以上に酷いヤツだった……。

「ごめんな、俺が一目惚れなんてしたばっかりに」

この茶番まだ続ける気か！

「先輩いい加減に――」

「俺こんなんだから迷惑かけるかと思って、友達になってほしいとか言ったけど、本当は俺と付き合ってほしいんだ」

――阿鼻叫喚《あびきょうかん》、とはこのことだ。まわりでわき起こる悲鳴と雄叫《おたけ》び。その中に混じって、この状況を楽しむ男子のはやし立てる声。

「先輩、無理です！」

もう無理だ。これ以上は付き合いきれない。そう思って立ち上がろうとしたその矢先――。

「仲よくやってな！」

そんな捨てゼリフとともに、ずっと静かに事の一部始終を見ていた元カノは、私のコップを手に持ち、水を私に浴びせかけた。

えー！　なんで私⁉

突然のことで言葉も出ない私は、ただ滴り落ちる冷たい水に唖然《あぜん》とした。

「おい、待てよ」

先輩が珍しく怒っている。そんな言葉が聞こえるけど、むしろ私の頭は冷静だ。たぶん、冷たい水をかけられたせいじゃないかと思う。

「おいって！」

先輩は立ち上がって追いかけようとしたけど、元カノはそそくさと食堂を出ていったあとだった。

その後、食堂があまりにもうるさいからと、先生たちがやってきて、その渦中にいる私たちはこっぴどく叱られた。

「先輩、ほんと酷い」

「悪かった。悪かったとは思ってる」

「初めからああするつもりだったんですね」

私は半泣きで先輩を睨みつけた。正直ショックだった。想いを伝えるつもりはなく、先輩に近づくつもりもなく、ただひっそりと想い続けてればそれで満足だった。

そんな私の淡い恋心を弄《もてあそ》ばれた気分だった。いいや、見事に砕け散ったと表現したっていいほど、私の恋心はズタボロだった。

「いや、あれは完全に流れでそうなっただけだって。巻き込んで悪かった」

「途中楽しんでるように見えましたけど」

私はぎろりと鋭い視線を投げつけた。

「やるならとことんすべきだと思ってな。言い出した手前、中途半端じゃ誰も信じないだろ」

「私としては信じてほしくなかったんですけど」

「だからごめんって」

先生たちに怒られ追い出された食堂の帰り、ひとまず私たちは人気のない校舎の裏へと向かった。

「明日また食堂でよろしくな」

なんて懲りない先輩の言葉に、私は無視という形で異論を唱えた。もうあんな目に遭うのは嫌だ。私は濡れた髪をハンカチで拭きながら、なんだかみじめな気分だった。

「ほんと、悪かったって」

思ってもないくせに。なんて私の心が尖《とが》り始めていた時、先輩は私の前に立ちはだかり、深々と頭を下げた。

「ほんと、ごめん。もう少し俺に付き合ってほしい」

「無理ですよ」

「こんなこと頼めるのはお前しかいないんだって」

「いますよ絶対。もっとよく探してみてくださいよ」

私はこんな状況を望んでいたわけじゃない。先輩が毎日のように日替わりで彼女を作るのをやめてほしかっただけ。

先輩が付き合っていた相手のことを本当に好きだったというのなら、たとえ日替わりで彼女が変わっても仕方がないことなのかもしれない。気が多いって理由で、本当に先輩が相手のことを好きなのだというのなら……。

だけど、先輩はそうじゃない。失恋の痛手を他の何かで埋めようとしていただけ。それが日替わりの彼女たちだったというだけ。先輩はそうやって傷を修復しようとしていただけ。でもそれって当たり前だけど、そんな人じゃ傷なんて埋まるはずもない。

それは先輩も気づいていたはずだ、そんなまがい物な彼女たちではその溝が埋まるわけがないってことに。

ただ、隣にいるはずの彼女の姿を探して、でもいなくて。隣にあった温《ぬく》もり、それがなくなったことによって何もないのが寂しくて、寒くて、だから代わりを置いていたにすぎない。

あいにく、隣に置ける彼女たちはいくらでも寄ってきた。たとえそれが先輩にとってただの偽りの存在だったとしても。

私は遠くから先輩を見ていて、ずっとそんなふうに感じていた。そしてそれは、決して大きく外れてなんていないんだと思う。だからこそ、先輩のことを好きにならないだろうって思えた私を彼は選んだと思う。

「なぁ、腹減らね？」

「減ってません」

と答えたにもかかわらず、ぐぅとタイミングよく返事をするのは私のお腹。

「はっはっは！　お前の腹のほうが素直だな」

そんなお腹かかえてまで笑わなくても……。私たちはさっきの一件でほぼ手つかずのお昼ご飯をそのまま置いて出てきてしまった。だからお腹はぺこぺこだった。それでも空気を読んでくれない私のお腹を恨めしく思いながらギュッとつまんで、俯いた。

……さすがにちょっと恥ずかしい。

「なんか食いに行こうぜ」

「授業どうするんですか？」

「フケるに決まってんだろ。腹が減ってて勉強なんかできるかよ」

その理由には賛成します。だけど、ここで先輩と抜けるっていうのもまた面倒ごとになりそうなんだけど。

「って、先輩もしかして、そうやって抜けてまた明日、私たちが話題になることを狙ってませんか？」

「ああ、なるほど。それもいいな」

「それもいいな、じゃないですから！」

さすがにそこまでは考えてなかったみたいだけど、それでもそういうふうになればラッキーだと思う節がある時点でアウトだ。

「まぁ、言いたいこと言うヤツには言わせとけばいいだろ。それよりメシ行かねーのかよ。……腹、減ってんだろ？」

最後の言葉を言いながら、肩震わせて笑わないでほしいです。

たしかに、このまま教室に戻って、さっきの出来事の質問攻めやら、女子からの冷たい視線やらを浴びる自信はないかも。腹が減っては戦はできぬ。まさにこういうことだ。

「それって、もちろん先輩の奢《おご》りですよね？」

「はー？　なんでだよ」

先輩がここぞとばかりに顔をしかめるから、私は濡れた髪をひとふさ持ち上げた。

「もう夏も終わって秋に近づくこの季節、さすがにこれは冷たいなーって思うんですよねー」

この言葉はさすがに効いたようだ。先輩はバツの悪そうな顔をして、黙って頷いた。

「しょうがねーな」

「ご馳走《ちそう》さまです」

そうと決まればさっそく門へと向かう先輩。荷物はどうするんだろうって思ったけど、先輩も取りに戻る様子はないし、私も戻る気はない。今教室に戻ることを避けるためご飯食べに行く誘いに乗ったのだから、取りに戻るようでは意味がない。あいにく私も先輩も財布とスマホだけは持っているみたいだし、なんなら家の鍵《かぎ》もポケットに入っている。これだけあれば十分だ。

「なぁ、お前チャリ通？」

「電車通学です」

「なんだ、一緒か。チャリだったらそれ使おうと思ってたのにな」

「先輩だって持ってないのに使えねーヤツ的な言い方しないでくださいよ」

「ははっ、お前ほんと裏読みばっかするんだなー。そんなつもりで聞いたんじゃないって。あるなら乗ろうと思っただけだろ」

すみませんね、裏読みばっかりする卑屈なヤツで。でも、先輩も私も自転車通学じゃなくてよかった。

私、先輩とふたり乗りする自信はない。いくらなんでも、それはドキドキしてしまって、今よりももっと先輩のことを好きになってしまうかもしれない。

万が一でもそうなってしまったら困る。本当に困る。それだけは間違えても起きてはならないことだ。

「ところで先輩、どこ行くんですか？」

「んー、その辺のファーストフードでも行くか」

「じゃあバーガーショップに行きましょ。ポテトが食べたい気分です」

先輩は、ははっと笑い声を上げながら「勝手に決めんなよ」なんて言ってくる。いやいや、奢ってもらうとはいっても選択権くらいあると思いますけど。なんて思いながらも、先輩の笑顔に心が温まっていくのを感じた。だって、久しぶりにこういう笑い方をする先輩を見た気がしたから。

学校で見かける先輩はいつも無口で、つまんなさそうで、食堂で見かける時も、いつも隣には切れることなく彼女の存在がいるというのに、笑っている姿は一度も見たことがない。

「じゃあ駅前のMショップにでもに行くか」

なんて言いながら、私たちは学校の門をあとにした。

学校を出て数分経《た》ったくらいの時、思いついたかのように先輩は小さく手を叩いて私に向き直った。

「あっ、なぁ、ずっと聞こうと思ってたんだけど」

「なんですか？」

「あのさ、お前の名前、なんて言うんだ？」

ほんと、今さらですか。

「先輩あのね、聞く順番間違えてませんか？　それでよく私に彼女役だのなんだの依頼しましたよね」

なんなら先輩、今日なんて私に告白までしてましたよ。名前すら知らない私に、一目惚れとか言いながら。

呆れて物も言えないとはこのことだ。失礼にもほどがある。それなのに私はとばっちりをくらい、水までかけられる羽目になったのだ。これはとことん奢ってもらわなきゃ割に合わない。

「悪かったって。聞こうとは思ってたけど、いろいろあったからつい忘れてたんだ」

「重要視してなかっただけでは？　名前なんてどーでもよくて、とりあえず女子たちを追い返せる風よけがいればよかったんですもんね？」

「だからそうやって裏読みすんなって」

「これは裏読みじゃなく表です。事実でしょ？」

うぐっ、なんてわかりやすく固唾をのむ先輩。ほらやっぱり。図星なんじゃないか。

「そういうお前こそ、俺の名前知ってんのかよ」

「知ってますとも、青井先輩」

「苗字《みょうじ》じゃなくて下は？」

「青井颯太《そうた》先輩」

先輩は驚いたって顔をしている。そんなに驚くことではないと思うんだけど。

「むしろなんで知ってんだよ」

「だって先輩は学校の有名人ですよ。誰でも知ってますよ」

「それって、なんか怖えーな」

何を今さら。そんな有名人にしたのは自分自身でもあるのに。顔がいいからってだけじゃなく、彼女をコロコロ変えるチャラいヤツだって、自分がまわりにそう知らしめたのだから。そりゃフルネームくらい誰だって言えるはずだ。

「で、お前の名前は？　人の名前知っといて不平等だと思わないのかよ」

なんでそんな、ちょっと偉そうなんですか。

「知りませんよ。そもそも聞かなかった先輩が悪いんじゃないですか」

「だから今聞いてるだろ」

あーもう。はいはい、そーですね。

「斉藤です。斉藤かすみです」

「ふーん……」

私は少しドキドキした。私は以前、先輩の前で名前を名乗ったことがあったから。

昔、自分の下の名前、かすみなんて地味な名前が好きじゃなかった。でも先輩はその時、それを全面的に肯定してくれたんだ。

私のことを覚えていないってことはすでに知っている。でもそれでよかったと思っている。だけど名前を言ってしまえば、あの時のことをもしかしたら思い出してくれるんじゃないかって、心のどこかでドキドキしていた。

でも、先輩は「よし、覚えた」そう意気揚々と言っただけで、視線はまだ見えぬMショップへと向かっていった。

まぁ、そんなもんだよね。というか今さら思い出されたところで困るんだけど。

そうは思ってもやっぱり少し落ち込んでしまう。そんなふうに思っていた時、ふと目に止まったのは凛《りん》と立つ黄色い花。

「あっ、ユリの花だ」

道路沿いの家の庭にいくつか咲いているそれは、春から夏の終わりにかけて咲く花。よくショップなどで見かける白いものではなく、黄色いユリだった。

「もう八月も終わったのに、まだ咲いてるんだ」

今は九月の初め。ユリも種類によりけりだけど、この時期まで咲いていることはまずない。

「ああ、今年は暑くなるのが遅かったからかもな」

私の肩ごしにその花を見ている先輩はとても意外そうにこう言った。

「花に詳しいんだな」

「一応園芸部ですから」

「はっ？　空手部じゃなく？」

先輩のその言葉に、私は脱力してしまった。

「うちの学校に空手部なんてありませんから。どんだけ無関心なんですか。しかも私が空手をしてたのは中学までです」

「知るかよ。俺、帰宅部だし。そもそも園芸部なんてのあったのかよ」

「部員ふたりですけどね」

　高校では園芸部に入りたくて、もともとなかったものを担任の先生に頼んで作ってもらった。だから部員は私と、いやいや入らされたりょうちんのふたりだけ。しかもいやいや入らされたりょうちんは完全にユーレイ部員だし。活動内容だって花の水やりや花壇の雑草掃除やらそういう雑務的なことばかり。

　だけど月に何度かは部費で好きな花を買っては植えれらるし、教室に花を生けたりすることもできるから、私はとても満足している。

「偽り、か……」

「はい？」

　先輩は、しまったって顔をしながら再び歩き出した。

「先輩さっき、なんて言いました？」

「何も言ってねーよ」

　いやいや、嘘ばっかり。

「偽りって言いましたよね？」

「聞こえてんじゃねーかよ」

　ぼそりと言った言葉は、とても不満げだ。それでも私は負けじと食い下がる。

「さっきのって、花言葉ですよね？」

先輩は何も言わずにただスタスタと歩いていく。

「先輩ってば。なんで無視するんですか」

都合が悪くなったらだんまり……なんてさせませんから。今日ずっと酷い目に遭わされてきた分、仕返しさせてもらいます。ってかそもそも、花言葉の話題で都合が悪い意味もわかりませんから。

「先輩——」

「俺ん家《ち》花屋やってるから、自然と詳しくなるんだよ」

ええ、知ってますとも。先輩の実家が花屋だってこと、知ってました。それをわざわざ本人には言わないけど。

「えー、いいじゃないですか。だから花言葉とか詳しいんですね？」

「うっさい」

「なんでそんなに隠すんですか？」

「男が花のことに詳しいとか、カッコ悪いだろ」

はいー？

「なに言ってんですか。それ、園芸部の私に言います？ そんな差別みたいなこと言うわけないじゃないですか」

子供ですか。いや、先輩はなかなかの子供だ。一七〇センチをゆうに超えるような身長しているのに、中身は子供だ。

「昔言われたことあるんだよ。男が花なんて……ってな」

「えー！　そんなこと言う人今どきいるんですか？　しかも青井先輩にそんなこと言うのはどんな輩ですか」

差別もいいとこだ。先輩のこと子供だとか思ったけど、言った相手はもっと子供だ。

「小学生の時の話だけどな」

……なんだ、相手は本当に子供だった。それならまぁ、言われてもありえない話ではないか。

それでも私からしたら、いくら小学生だと言ってもそんなこと言うなんてありえないんだけど。

「子供だったから仕方ねーけど、やっぱりショックというか恥ずかしかったんだろうな。今は別にって感じだけど、なんかあの時のことを思い出すというか……」

この話はやめやめ、なんて言って先輩はMショップの看板が見えたことを指を差して知らせてくるけど、私はやっぱり話を終わらせる気にはなれなかった。

「私は自分の名前が嫌いだったんです」

私には三つ年上の姉がいて、姉は同性の私から見ても可愛くてきれいで優しくて。

本当にパーフェクトな人間なんてこの世にいるんだって自分の姉を見るたびに思って

いた。だからこそ、自分がどれだけみすぼらしい人間か、なんて卑屈に思っていた時期もあった。

姉と比べて、私は見た目も全然きれいじゃないし、お世辞にも可愛いとは言えない。現に私がまだ小学生の時、姉と一緒に買い物に出かけていた先で姉だけがモデルにスカウトされ、今では東京で売れっ子だ。

「かすみ、なんて平凡だし花にしたって地味だし。だから私、この名前ずっと好きじゃなかったんですよね」

だけどその時言われた先輩の言葉に、私は救われた気がしたんだ。

「かすみ草って地味とか気軽に言うけどな、ブーケ作る時にあれがないと、まとめるの結構大変なんだぞ」

……一瞬デジャヴかと思った。

言葉尻《じり》は違ってもあの時と同じだ。先輩は真っ直ぐ私を見て、そう言った。そう、あの時と同じ。

もしかして、思い出してくれたのだろうか。そう思って口を開いた瞬間、先輩はさらに言葉を繋《つな》げた。

「――って、よくうちの裏に住むばーちゃんに言ってたんだよな」

ばーちゃん……？

「昔からよく花を買いに来るばーちゃんなんだけど、お前と同じかすみって名前なんだ。かすみなんて地味な名前のせいで婚期は遅れただの、戦争に行ったじーちゃんが帰ってこなかっただの、もうとにかくよくなかった出来事すべてを自分の名前のせいにするんだよなぁ」

先輩の家の裏に住むおばあさんと同じ名前……。

失礼だけど、そんなおばあさんと同じ名前だなんて、やっぱり私の名前って地味だし古くさいんだな……。

そんなふうにちょっぴり落ち込んでいる私をよそに、先輩はうれしそうに笑っている。きっとそのおばあさんのことが好きなんだと思う。そう思わせる何かが、その優しい笑みにはあった。

「そのおばあさん、そう言われてうれしかったでしょうね」

「さぁな、もう死んじまって実際どう思ってたのかはわかんねーけど」

「あ、そうだったんですか……」

あまりにも先輩がうれしそうに話すから、まさかもう亡くなっているなんて思わなかった。

「ははっ、なに申しわけなさそうにしてんだよ。いつもの減らず口はどこ行ったんだ？」

……私、先輩にどういうイメージを持たれているんだろう。

「失礼ですね。私はそんなに文句ばっか言ったりしませんよ」

「そうそう、そういう感じがお前だよな」

調子狂うだろ、なんて言いながら先輩の大きな手が私の頭をくしゃりと撫《な》でた。

不意にこういうことされるのは困る。心の準備していなかった分、思わず心臓が飛び出すかと思った。

高鳴る私の心臓、早く静まれ。ちゃんと自分の立ち位置はわかっている。見失ったりしない。だから私はここ、先輩の隣にいるんだ。だから、気を抜いてはいけない。

次からは気をつけなくちゃ……。

〈花言葉〉控えめな愛
Hyacinth
ヒアシンス

「おまっ、それマジで全部食う気かよ」

私の髪も少しの湿気を帯びる程度に乾いた頃、私たちは駅近くのMショップにたどりついた。

「あっ、あとアップルパイもつけてください」

「食いすぎだろ、やめとけって」

私はすでにダブルチーズバーガーのセットとプラスでサラダ、ナゲットまで注文していた。

「食べます。もし食べきれなかったら持ち帰りしてでも食べますのでご安心を」

「持ち帰りって……ファーストフードなんて冷めたらマズイだろーが」

「じゃあ先輩、お会計よろしくお願いしますねー！　私は先に席を取っておきますので」

そう言って、そそくさとレジをあとにした。

今日はいろいろなことがありすぎて、もうやけ食いしたい気分なんだ。それにエネルギーを溜《た》めとかなくちゃ。

きっと明日は学校でたくさん質問攻めに遭い、たくさんの誹謗中傷に遭う予定だから。その腹はすでにくくっている。じゃなきゃ先輩の友達役なんて務まるはずもない。

先輩はどう思っているか知らないけど、話の流れでこうなったとはいえ、それくらいの覚悟がないと引き受けられるようなことじゃないんだ。

私はあえて見ないようにしていたスマホをポケットから取り出した。画面をつけた瞬間、無数のメッセージと不在着信の嵐だ。その大半はりょうちんから。

私はそのメッセージに既読をつけないようにして、ホーム画面に出てきたポップアップの内容だけさらっと読んであとはスマホの電源を落とした。万が一また電話が来た時に誤って出てしまわないために。

りょうちん、ごめん。帰ったらちゃんと返事はするから。そう思っていると、先輩が私の大量の食べ物をトレイパンパンに載せて運んで来てくれた。

「なぁ、マジでお前これ全部食べられんのかよ」

「頑張ります」

「頑張るって……人の金でなに勝手にフードファイト始めてんだよ」

呆れた顔で私の隣の席にどかっと座る先輩。でもなぜ隣に？

「先輩、なんで隣なんですか？」

「だって俺もソファに座りたいし」

たしかに向かい側はイスだけど。平日のまだ五時間目をやっている時間。だから店内はガラガラだった。私はテーブルを広々と使おうと思って四名席に座ったのに、まさか隣に座るとは思わなかった。

「仕方ないですね、じゃあ私が向かいに座ります」

「別にいいだろ。どうせ席も空いてるんだし、ソファのが楽だろ」

「そうですけど、話しにくくないですか?」

しかも肩が触れそうなこの距離。無駄に気を引きしめておかなくちゃいけなくなるから疲れるし。

「なに言ってんだよ。食堂でもこうだったろ?」

「食堂では長テーブルだし、テーブルの幅が広いから……」

「なんでもいいや。とりあえず食おうぜ」

なんて言いながら先輩は、包みをすでに開けたビッグバーガーにかぶりついた。

えーえー、先輩は気になんてしないから自由でいいでしょうね。

でも私はさっきみたいに不意の頭くしゃくしゃされたりすると、気持ちの制御が難しくなるので一定の距離は必要なんです。

そう思って、私は向かいの席に移動してポテトを頬張った。

「なぁ、やっぱお前、俺のこと嫌いだよな」

先輩が注文したのは、フライされた分厚いチキンが入ったビッグバーガー。そんなボリューム感のあるバーガーもきれいに食べていく先輩。意外と口大きいんだな、なんて向かいに座ることで新たな発見をしていたところだったからか、そんなふうに言われるなんて思ってもみなかった。

「なに言ってるんですか」

席移動したからかな？

「わざわざ距離とるだろ？　まぁ、別にいいけど」

なんて、ちょっぴり不服そうにそう言った。やっぱりそのことだった。

先輩って、女子が次々寄ってくるのうんざりしている節があったけど、これはあれか。理由は見た目や先輩の持つアビリティだけじゃなさそうだ。隣にさらっと座って、こういうことをさらっと言ってしまうのはきっと無自覚でやっているんだ。狙ってやってない分、女子はドキッとしてしまうものだから。

でも先輩、それはちょっと罪作りすぎですよ。

「あっ、それ私のアップルパイ」

「半分くれ。ってか、俺が買ったもんだったな」

「もうかじってからくれって言うのおかしくないですか？　先輩が買ったものですけど、それはもう購入済みの時点で私のものですから」

目の前に座るイケメン。でもこの発想からして王子様よりも王様と呼ぶにふさわしい。そんなふうに思うと、先輩が突然偉そうに顎で人を指図するタイプに見えてきた。

「お前のものは俺のもの、みたいな発想やめてください。それ食べるならポテト食べてくださいよ」

「バカやろ。よく見ろ、俺もポテトあるだろーが」

「知ってますけど、Mサイズって量多いんですよね」

「ポテトはいらねーからナゲットくれ」

「えー先輩、人の話聞いてます？　というか、私が頼んだアップルパイまで食べたのに……」

「ほら、アップルパイなら半分残してるだろ」

半分かじって残されたアップルパイ。あの残り、私に食べろと……？　先輩の食べた残りとか、こんなところを他の女子に見られた日にはどんな仕打ちに遭うか、想像もしたくない。

私がサラダをもぐもぐ食べている間に、先輩はビックバーガーを食べ終え、ジュースをぐびぐび飲んでいる。

「それでは本題に戻りましょうか」

「なんだよ本題って」

「近しい未来のお話です。私の安息を返してください」

「はっ」なんて言いながら息を吐き出しポテトをむしゃりと食べる先輩のその姿は、どこかひねくれ者に見える。

「俺が言うのもなんだけど、それは無理かもな」

「いや、先輩がそれを言わないでくださいよ。どうにかしてください迷惑です」

私のそんな言葉にも素知らぬ顔で窓の外を見ながらポテトを咀嚼《そしゃく》し、飲み込んだ。

「友達だろ？　そんなこと言うなよ」

「友達じゃありません。私はただの友達〝役〟です」

「なんだよ、俺は友達だと思ってるのに。それ、傷つくなー」

そう言いながら再びポテトをパクパク食べる先輩。適当さが目について、なんだか無性に腹が立ってきた。

「……本当に傷つけましょうか？」

私が拳を握ったのを確認した先輩は、背もたれに預けていた背をピンと伸ばし、

「ごめんなさい。俺が悪かったです」

なんて、素直に謝ってきた。私だって女子だ。先輩に憧れを抱《いだ》く女子だからこそ暴力を武器にはしたくないけど、これが先輩には一番よく効く良薬でもあるのは間違いないから仕方がない。

「それに勝手に設定を増やさないでくださいよ。なんですか私に一目惚れとかいうあれは」

「あれ、信じてない？　本当に一目惚れだったんだけどな」

片手に持っていたジュースのカップをテーブルに置き、頬杖《ほおづえ》をつきながら私を真っ直ぐ見つめてくる。

甘いフェイスに甘い囁き。少し色素の薄い茶色い瞳は私を弄ぼうとでもするかのように、挑発的に、そして魅力的に、私を虜にして離そうとしない。

ほら、こういうことするから女子は簡単に勘違いするんだ。

「なるほど。先輩はもう彼女なんて作りたくないようなこと言ってましたが、じつは根っからのタラシなんですね」

そう言うと、先輩は背もたれにどかりと座り直し、両手を頭の後ろに組んだ。さっきまで魅惑的な表情で私を見ていたあの瞳は、対象物から興味をなくしたとでも言いたげに、消えていた。まるでろうそくの火がフツリと消えたように。

「バーカ。冗談に決まってるだろ。俺だって相手選んで言ってるつーの」

「へぇー、そーなんですかねぇ？」

なんて言いながら疑いの視線を先輩に送りつけた。だけどきっと、先輩の言うとおりなんだと思う。

こんな誰もがときめいてしまうようなことをさすがに軽々しく他の女子にはしないと思う。だって先輩、彼女になった子たちの隣でいつもぶっきらぼうな顔ばかり見せていたから。

これはきっと、先輩が私を友達だと思っての扱いなんだと思う。私に下心を出されることはまずないと信用しての行動であり、先輩の考える友達というテリトリーに入った相手にだけ見せる、一種のじゃれ合いなんだと思う。

普段は大人びて見えるけど、中身はきっとこういう子供っぽいところが本来の先輩で、そういうのを安心して見せられる相手。それが今まで同性以外ではいなかったんだと思う。

だから私は、こんなことで勘違いしたりなんてしないんだ。

「あっ、それ私のナゲットですよ女たらしさん」

「おい、失礼なあだ名を勝手に命名するなよな」

「わかりやすくていいと思いますけど？　そうすれば先輩の望みどおり女の人も少しは寄ってこなくなるかもしれませんし？」

「そんな形は本望じゃない」

フン、なんて鼻を鳴らしながらナゲットを頬張る女たらしさん。

勝手なことばかり言って……先輩は本当に子供みたいだ。

「私だってこんな役割すること自体、本望じゃないってわかってます？」

「だからこうして奢ってるだろ」

「これで足りると思いますか？」

そう言った瞬間、信じられないって顔をして、私がまだ食べかけているバーガーたちを指さして言った。

「まだ足りないって言うのかよ？　それはさすがに異常だぞ」

いやいや、失礼な。さすがにそんなに食べられませんから。

「そうじゃなくって、先輩の元カノやらファンの怖さは同じ女子にしかわからないものなのかもしれませんが、こんなご飯では到底太刀打ちできないほど、はるかにこれを上回る恐怖が私を待ってるんですよ」

どっかの政治家にでもなったつもりで、身振り手振りを大げさに動かし熱弁してみせた。すると先輩はうーん、なんて唸りながら考え込んでしまった。

「まぁ、言いたいことはわかる。なんせ今日なんか関係ないお前にまで水ぶっかけるようなヤツもいたわけだしな」

「そうでしょう？　先輩は先輩のまわりの女子たちを甘く見すぎですよ」

まぁ、あの元カノに関しては昨日先輩も水ぶっかけられてましたけどね。

でも基本的に他の女子は、先輩にはよく見られたいだろうからいい顔するに決まっている。ただ、対私となった場合はどうか。他の先輩を狙っている女子からすればただの邪魔者でしかない。しかも彼女ではないとなれば、いつもみたいな日替わりでポジションが回転したりはしないだろう。

先輩の彼女がダメなのならば……きっと他の女子からすれば、私がいるここのポジションは喉から手が出るほど欲しい場所なんだと思う。そして虎視眈々《こしたんたん》と、このポジションからの昇格、もしくは出戻りを求めるに違いない。

「でも、俺は明日からもお前には俺の隣の席に座ってほしいと思う」

……まぁ、そのほうが他の女子を相手にするより楽ですからね。先輩にとって、利点しかありませんしね。

「なら、こうしよう。昼メシは毎回俺が奢ってやる」

「だーかーらー」

正直、そういう問題じゃないんですよね。

「あと、ああいうことがまたあった時は、今度はちゃんと俺が守ってやるから」

「それは、どうやって？」

しかも私は先輩と食堂で一緒に肩を並べてご飯を食べるってだけの友達役だ。厄介ごとは大抵が先輩のいないところで起きるものだと思うし。

「何かあれば俺にすぐ報告すればいい。そしたら俺はいつでも駆けつけてやるよ」

でも、そうは言っても……って口では言いたいのに、先輩があまりにも真剣にそんなこと言っちゃうから、つい私の口は言葉を発することを放棄してしまった。

私が初めて会った時の先輩は、とても優しそうで、いつもニコニコ笑っていた。今みたいにぶっきらぼうな様子もなくって、純粋に心から笑顔を振りまいていた。きっと心根も純粋な人なんだろうなー、なんて思って、私は先輩のことが気になって気になって仕方なかった。

花が好きになったのも、それがキッカケだった。名前のせいで花なんて好きになれなかったのに、突然自分の名前が愛《いと》おしく思えるほど、人間はなんて単純な生き物なんだと痛感した瞬間でもあった。

だから私は、昔の頃のようなそんな先輩が見たくて、ただ戻ってほしくて、今のようなふざけたことを言ったり、しょーのないことで笑ったりする、そんな本来の先輩に戻ってほしくて……。

先輩の、たくさんのことは知らない。けど、あの時、私が初めて会った時笑ってくれていたあの表情は、今でも私の心の中に残っている。それは、色あせることなく、ずっと。

私では力不足かもしれない。だけど、少しでも先輩のことを元気にさせられるのなら。もう一度、あの笑顔を見られるのなら……。

「……仕方ないですねぇ。もうしばらく先輩のごっこ遊びに付き合ってあげますよ」

ぶっきらぼうは最近の先輩の得意技。なのに、今回ばかりは私のほうがぶっきらぼうにそう言ってしまった。

だけど、それでも先輩は満足だったみたい。久しぶりにお日様みたいな温かい先輩の笑顔が見れたから、やっぱり先輩の友達役を引き受けてよかったのかもしれない。なんて、現金にもそんなふうに思えた。

今はそんな理由でもいいや。もう少しだけ先輩のそばにいさせてもらおう。先輩のそばでこの笑顔を見させてもらおう。だから先輩、笑って。もっと、もっと、笑って。そしたらきっと――。

＊

『……で、先輩とは付き合うことになったんだ？』

「ちがーう！　ちゃんと人の話聞いてた？　友達として一緒にお昼食べる仲になったってだけだから」

りょうちんは相変わらず付き合う方向に話を持っていこうとする。ここでちゃんと話を食い止めておかなくては、またややこしいことになりかねない。

『あの食堂事件のあと、クラスでも話題持ちきりだったからねー。しかもかすみってばカバン置きっぱなしで帰ってこないもんだから余計噂《うわさ》になってるけど』

その噂っていうのが、一番怖いんだけど。

「……私、まわりからはなんて噂されてんの？」

『まぁ、いろいろ？　明日学校来てみればわかるって。ししっ』

しししっ、じゃないし。まぁ、今聞いたところで明日の状況が変わるわけでもないから、今は聞かないでおこう……。私はまだそれを聞く心の準備ができていない。

『そもそもなんでそんなおかしな関係になってんの？』

「それがちょっとややこしいんだけど……誰にも口外しないって誓い立てれる？」

『なになに！　面白そうじゃん。教えてよ』

電話ごしだというのに、りょうちんが前のめりになったのがよくわかった。私と真逆の温度差だ。

「ちょっと、楽しまないでほしいんだけど。こっちは死活問題なんだからね」

『わかってる、わかってる。もちろん誰にも言うわけないじゃん。……で、なにに？』

どこまでも楽しんでいるりょうちんに、私はため息ひとつついてから、これまでの経緯を話し始めた。

『……ふーん。なーんだ』

私が昨日、先輩を殴ってから起きたことのすべてを話し終えたあと、りょうちんの上がりまくっていた熱はすっかり冷えていた。

「だから本当に友達としてお昼一緒に食べるだけなのよ」

『あたしも食堂での一件は遠目で見てたけどさ、青井先輩がかすみに一目惚れしたとかも言ってたじゃん？』

「あっ、あんなの信じないでよね！　私を隣に置く口実というか、元カノの前だったから売り言葉に買い言葉というか……とにかくそれはないから！」

そうそう、そうだった。先輩ってばそんなデタラメなことまで言っていたんだった。いくら元カノが執拗《しつよう》に言ってくるからってそれはないでしょ。

『いや、むしろそれは誰も信じてないし。あんな正拳突きした女子に一目惚れとかありえないっしょ。ししししっ』

た、たしかに……。そりゃそうだ。そもそも、あんなデタラメな出来事を無理やりまとめようとして一目惚れなんて言っていたけど、話の流れが崩壊しすぎている。先輩の浅はかな思惑は失敗していたのか。それはよかった。私は明日学校に行く勇気が持てた気がした。

『まぁでも一部では、一目惚れがもし本当だとすれば、青井先輩はかなりのドMだとか言ってた。そのうち先輩への告白の形も変わってくんじゃない？　血なまぐさい方向に』

そう言って、りょうちんは再びしししししっと笑った。

それってつまり、先輩に告白する女子はとりあえず先輩を一発殴れば振り向いてくれると……？　ないない！　なんだそりゃ。そんなのありえないでしょ。

でもそんな噂が出ていたのなら、私はちょっと笑えないんだけど。

もしそうなったら、それはそれで私のせいでもあるわけで。いや、大方の責任はやっぱり先輩だ。その場しのぎの適当な嘘を言った先輩が一番悪いに決まっている。けど、殴った私も私だからなぁ……。

『まぁ、今は友達という名の番犬もいることだし、大丈夫か』

「誰よ、番犬って」

『かすみのことに決まってんじゃん。何かあったら守ってあげるのがかすみの役割なんでしょ？』

待て待て待て、責任がさらに重くなっている。私はこれ以上の厄介ごとには巻き込まれたくないんだから。

「私はあくまでも先輩の女友達としてお昼を一緒に食べるだけなんだからね。変なこと言わないでよ」

『だってお昼奢ってもらうんじゃん？　報酬分は働かないとー』

「いやいや、食堂で先輩の隣に座ってみればわかるから。そんな報酬は安すぎるってくらい視線痛いし、今日なんて元カノの先輩に絡まれた上に水ぶっかけられたし」

『あっ、それそれ、見てたよあたし。派手にやられてたじゃん。ししし っ』

人の不幸で何笑ってんの。りょうちんは相変わらずだな……。

「とにかく、そーいうわけだから。私は自分の身を守るためにも、先輩とは取り決めを作ったんだ」

そう、私たちはただバーガーを頬張っていたわけじゃない。今後のことについてちゃんと話し合っていたんだ。

一つ、お昼ご飯は食堂で先輩の隣の席で食べること。

二つ、お昼ご飯は先輩の奢り。

三つ、先輩に友達以上の感情を抱かないこと。

四つ、お互いのプライベートには干渉しないこと。あくまで友達としての範疇《はんちゅう》で接すること。

五つ、元カノ含めた先輩目当ての女子から嫌がらせを受けたら先輩へ報告すること。

「……てな感じで、約束五箇条を取り決めたんだよね」

『ねぇ、ひとつ気になってるんだけどさ、かすみに彼氏ができた場合はどーすんの？青井先輩にだって好きな人ができるかもしれないじゃん。日替わりなんかじゃないやつで』

なるほど。それは考えが及ばなかったな。そもそも私はすでに先輩が好きなわけで、だからこの三つ目の取り決めはすでに破っている状態だ。

でもこの取り決めの前からこの気持ちはあったわけで、その一線を越えるつもりもなければ、先輩からこの提案がなければ私から近づくこともなかったわけで……。だからこれは無効。

それにもし先輩が本当に好きだという人ができたなら、私はきっとうれしいと思う。だって、今までみたいに無茶苦茶な付き合い方しているよりずっといいに決まっている。あんな、日替わり彼女を作っているような痛々しい先輩が見ていられなくて手を貸すのだから、先輩に好きな人ができたのなら、私はちゃんと祝福してあげたいと心から思っている。

でもきっとそれは、まだまだ時間のかかることなんだと思う。

先輩にはきっとまだまだリハビリ期間というか、これはもう休養期間といってもいい。寂しさを埋めるためだけの彼女、日替わり彼女を作らないでおくことがまずは必要なんだから。どれくらいそれが必要かは先輩次第だけど、とりあえず先輩が高校を卒業するまでは友達役を演じてみようと私は思っている。

「そこまで考えてなかったけど、まぁまず私に彼氏ができるってほうが可能性低いから、とりあえずそうなったらそうなった時に考えるよ」

あははっ、なんて笑ってみせたけど、りょうちんはバッサリそれを切り捨てる。

『なんかもうすでに、その五箇条とやらの綻びが見えてる気がするんだけど』

「その都度、修正入れてくからいいんだよ」

なんて言いながらも、正直私も心の中ではりょうちんに賛同していた。この契約ともいえる取り決め内容はすでに破綻をきたしている。私が先輩への想いを隠している時点でそうだから。

『しっかしさー、花の高校生だというのに枯れてるねぇー。それってさ、彼氏を作ろうとしない宣言にも聞こえるじゃん。あの青井先輩の隣なんかにいたら、他の男子なんか霞《かす》んで見えるっしょ？』

「いやー、どうかなー？　まぁ、一理あるかもだけど、でも先輩ってなかなか酷いよ？　私かなりぞんざいに扱われてるし」

『それがまたいいんじゃん？　純粋に先輩と友達になんてそうなれるもんじゃないじゃん？』

「まぁ、たしかに……」

でも、友達のほうが恋人になるより難しいって、なんなんだろう……。

『でもさ、あたしはなんだかんだ言って、かすみは青井先輩のことが好きなんだと疑ってたんだけどなー』

なんだはずれか……なんて、ちぇっ、と小さな舌打ちが電話ごしに聞こえた。

「はずれはずれ、大はずれ。まぁ私は恋愛とか疎いほうだから、そういう人が現れた時に考えることにするよ」

りょうちんはなかなか鋭いんだな、なんて思いながら、今後りょうちんの見ているところでは先輩への言動に気をつけるようにしようと思った。

「でもさ、りょうちんだって言ってたじゃん。先輩のこと本気ならやめとけって。その割にりょうちんは勧めてくるよね？」

『まぁね、本気ならやめとけとは思うけど、かすみがそうじゃないって言うからさ、違うのなら楽しいほうがいいじゃん？』

「楽しいってそれ、りょうちんが……だよね？　人で遊ばないでほしいんだけど」

ほんと、りょうちんはいつもこうだ。でも恨めないようないい性格しているよ、ほんと。

『まぁ、明日は学校に来るんでしょ？』

「うん、行くよ。先輩とこんな約束までしといてさっそく休みもどーかと思うし」

本当は休みたい気分だけど、休んだところで状況は変わらないだろうし。

『まぁ、頑張って。あたしは離れたとこから応援しとくわ』

「なんで離れんの。そばにいてよ」

『だってとばっちり怖いじゃん？』

「ひどっ！　友達でしょ？」

りょうちんは利害関係を重んじるタイプなのね。涙出そうだ。

『しししっ、冗談じゃん？　でも食堂ではあたしお昼別でとるから』

「うん、それはそーしてくれたほうがいいかも」

食堂ではりょうちんがいるといろいろ話しにくいし、先輩もよく思わない気がする。それに、もしかしたら、そうやって先輩と友達関係を築こうとする新たな女子がやってこないとも限らないし。

『じゃ、また明日。おやすみー』

「うん、また明日。お休み」

プツッと電話が切れた音がして、私はスマホを置いた。そして明日から戦が始まる……なんて思いながら、ベッドに寝そべり目を閉じた。

〈花言葉〉清らかな心、無邪気、親切
Baby's breath
カスミ草

朝、頭が痛くて目を覚ますと、窓の外は厚い雲で覆われていた。

「雨降りそうだなー」

雨が降る前、私の頭の中ではいつも警鐘でも鳴らされているように、ぐわんぐわんと頭痛がする。とはいえ薬を飲むほどじゃないし、とりあえず制服に着替えて顔を洗い、朝食を食べにリビングへと向かった。

「かすみ、今日は雨が降るみたいよ。学校には傘持っていきなさいよ」

早起きな母はテレビから流れてくるニュースを見ながら食器を洗っている。

「はーい」と言葉短く返事を戻し、とりあえず朝食の目玉焼きが乗ったトーストとミルクたっぷりのコーヒーに手をつけた。

今日雨が降ることは、私の偏頭痛が知らせてくれている。雨が降る前はいつもこう。気圧の加減でか頭が痛くなる。

「あっ、そうそう。昨日風花《ふうか》から連絡があって、今週末は久しぶりに帰ってくるって言ってたわよ」

「えっ！　お姉ちゃん帰ってくるの？」

「っていっても土日の二日間だけらしいけど。あの子も今忙しいみたい」

「忙しいに決まってるじゃん！　今度テレビにも出るんでしょ？　でもほんとに久しぶりだなー！　会えるの楽しみ」

大好きなお姉ちゃん。私の自慢であり、憧れの存在だ。そんな自慢の三つ年上の姉は、現在東京でひとり暮らしをしながらモデルをしている。高校は私が今通っている高校の近くにあるお嬢様学校とも呼ばれるような女子高に通っていたけど、一年で東京の芸能人が通う高校へと転校していった。今では人気雑誌の表紙を飾るモデルであり、最近ではドラマにも出始めている売れっ子だ。

世の中とは不平等だ。同じ親から生まれたというのに、こうも差が生まれるものなのか……なんて子供の頃はよく思っていた。

姉がモデルの仕事をするようになったキッカケは私がまだ小学生の頃、姉が中学一年生だった時、このあたりで一番大きなショッピングモールで買い物している最中に芸能事務所の方にスカウトされた。

姉の隣に私もいたにもかかわらず、声がかかったのは姉だけだった。しかし、当時姉はピアノが大好きで何よりそっちに集中していたため、大した活動もせずにいたけど、高校に入ってからは本格的にモデルの仕事に楽しさを見いだしたらしく、東京へひとり乗り込んで行った。

きれいで優しくて頭だっていい。器量がよく愛嬌《あいきょう》もある姉は、自分とは違いすぎて妬《ねた》むどころか憧れでしかなかった。年末年始も忙しくて帰郷しなかった姉に会うのはかなり久しぶりだから、私は俄然《がぜん》元気がわいてくる。外は天気が悪いし頭痛はするし、昨日のことで悩ましいことはたくさんあるのに、それらいっさいがっさいが吹っ飛ぶほど、むくむくとパワーがわいてくるのを感じて、私はトーストを頬張りコーヒーでそれを流し込んだ。

「ご馳走さま！　行ってきます」

「行ってらっしゃいって、かすみカバンはどうしたの？」

「学校に忘れてきた」

「呆れた……どうやったらそんなもの忘れてこれるのかしら。風花も帰ってくるんだし、少しはお姉ちゃんを見習いなさい」

母の小言は聞こえないフリをして、私は気にせず家を飛び出した。

いくらお姉ちゃんのようになろうとしたって無理だもん。お姉ちゃんのようになれるものなら、とっくにそうなっているし。お姉ちゃんはいわば私の神だ。神には憧れを抱きはするけど、なれるもんじゃないじゃん？

「あっ、傘、忘れてきちゃった……」

厚い雲に覆われた空を見上げながら、どうか家に帰ってくるまでこの天気が持ち堪《こた》えますように、と私は空に祈りを捧げながら、駅へと向かった。

——ガラリ。とレールの上を滑る扉の音がやけに耳に残った。理由は明白で、静かに扉を開けたはずなのに、突然静まり返った教室にはよく響いたからだ。

針のむしろとはこういう状況を指すのかな。みんなの視線を四方八方から感じる。むしろ感じるどころか、痛いし。思わず苦笑いがこぼれそうになるのを必死に押しとどめ、素知らぬ顔で自分の席へと真っ直ぐに向かう。なんだか遠くもないこの距離が、やけに長い道のようにも感じる……。

正直、教室にたどりつくまで大変だった。学校の姿が遠目に見える距離からすでに戦いは始まっていた。登校中も顔も知らぬ女子には陰口を叩かれ、上級生に関しては露骨に悪口を言われた。

どうやって先輩の気を引いたのか。先輩のこと殴っておいてそばにいるなんて、どう考えてもおかしい。もしかすると先輩の弱みを握って脅しているんじゃないか。親がヤクザと繋がっていて今回はそれを武器に先輩を脅しているんじゃないか。

……などなど。

ほんと、言いたい放題言ってくれちゃう。この状況がおかしいことは私が一番感じているというのに。

「斉藤さんって本当に青井先輩と友達なの？」

不意に声をかけてきたのは、クラスでもそんなに話したことのない小倉《おぐら》さんと山下《やました》さん。不意打ちすぎて一瞬言葉に詰まってしまった。

「あっ、えと……うん、そうだよ」

「じゃあさ、先輩に一目惚れされたっていうのは――」

「それは嘘だから！」

私は思わず立ち上がって、彼女の言葉にかぶせるようにしてそう言った。声のボリュームも思った以上に出てしまい、再びあたりは静まり返ってしまった。

――しっ、しまった……。

すとん、と腰をおろして、私は思わず苦笑いを浮かべてみる。小倉さんと山下さんはきょとんとした顔で私を見つめたあと、ふたりはお互いに顔を見合わせた。

「じゃあさ、恋に落ちる秘孔を突けるっていうのも嘘？」

はっ、はい……？

「いやだってさ、先輩のこと殴ってた人がさ、翌日何もなかったかのような顔して普通隣の席に座れる？ しかも先輩からは一目惚れだとかまで言ってもらってたでしょ？」

私は開いた口が塞がらない。恋に落ちる、秘孔……？ なんじゃそりゃ。昨日りょうちんが意味深に言っていたのはこのことだったのか。私はちらりと教室内を見渡した。まだりょうちんは来てないようだ。代わりにたくさんのクラスメイトがこの話に興味津々な視線を送っている。

「いや、秘孔とか知らないし」

「でも斉藤さんって空手やってたんでしょ？」

「いや、そんなの習うわけないでしょ」

空手やっていたからそういうのも知っているんでしょ、的な流れになぜなるのか。あるわけがない。

「じゃあさ、どーして先輩と友達になったの？　その秘策を教えてほしいんだけど」

「秘策……」

先輩を好きにならないこと。それが事実なんだけど、それを言ったところで納得してもらえるかも微妙な気がする。どう言えば納得してもらえるのか。かといって事実をありのまま言うわけにもいかないし。

低気圧からくる偏頭痛が徐々に酷くなってきている気さえし始めた時、私はめんどくさくなって口を開いた。

「空手……習えばいいのかも。先輩も空手に興味あったらしいし、一緒に組手したそうだから」

適当にもほどがある。自分で言っといてなんだけど、なんだこの理由……。明らかに小倉さんは疑っている。けど、山下さんは目を爛々《らんらん》と輝かせて食いついた。

「えっ、そーなの？　私も空手習ってみようかなー！」

あっ、それはちょっとどーかな。ヤバいかな。わざわざ習いに行って違いましたってなるのは申しわけないし、それこそ山下さんの恨みを買ってしまうんじゃないだろうか。

「い、いやー、わかんないよ！　もしかしたらそれが理由かもって話だし、そんなに空手仲間が欲しいのかと言うとそれもわかんないしねっ」

「そうだよ、やめなって。それにもし本当に空手が理由なんだったらなんで斉藤さん？　普通男子と手合わせしたいもんじゃないの？」

小倉さんは至って冷静だ。それに合わせて山下さんも「ふむ、そうか……」なんて考え込み出した。

どう言えばみんな納得してくれるのだろうか。先輩の彼女になるのには理由がいらないのに、友達になるのには理由がいる。普通逆でしょ？

「かすみを隣に置く理由なんてひとつしかないでしょ」

私が頭をかかえ出したその時、ざわつきを取り戻しつつあった教室内にズカズカと割り込んで来たのは、りょうちん。

「おはよう、紺野さん」

「紺野さん紺野さん、それってどういうこと？　何か理由知ってるの？」

小倉さんの挨拶にかぶせるようにして、山下さんはりょうちんにがぶり寄った。すると、りょうちんは山下さんのテリトリーから少し離れるようにして私の隣に立つと、話を続けた。

「理由も何も、空手女子を隣に置く理由なんてひとつじゃん。それって完全にガーディアンとしてでしょ」

「ガーディアン？」

「そう、ガーディアン。青井先輩を他の女子から身を呈して守る役割ってこと」

いや、呈したりなんてしないから。したくもないし。でも山下さんは信じ込んでいるみたいで「なるほどー」とか言っているし。小倉さんに関しては「やっぱりねー」なんて言っちゃってるし。

りょうちんは役者だ。とてもあっけらかんと言いきるくせに、どことなくそれが真実味を帯びるようにさらに話を続けた。

「だってそれしかなくない？　昨日の一件がまさにそれじゃん。先輩の代わりに水をかぶっちゃってるし、そもそも先輩は女子相手に手出しはできないけど、かすみは違うじゃん？」

「「納得」」

山下さんと小倉さんは声をハモって納得した。

いや、納得しないで。私なんか簡単に手を出す野犬みたいじゃん。しかもあくまで友達役なはずなのに、これじゃ先輩のしわ寄せは全部私のほうに来ちゃうじゃん。まわりすら認める風よけ……そんなの絶対嫌だ。

私は必死になって他の案を講じようとするけど、上手い理由が見つからない。

「……でも、先輩は友達だって言うんだけどなー」

なんて、小さな声で反論してみる。まわりに聞こえるか聞こえないかの音量でしか反論できなかったのはりょうちんの案に乗っかるしかないって思う自分もいるから。

そんな私の声を拾ったのは、やっぱりりょうちん。むしろりょうちん以外には声が届かなかったに違いない。

「まぁ、この案は非公式だけど、あたしはそうだと思うんだよね」

りょうちんに賛同するふたり。

「私もそう思ってたんだよねー。だってどう考えても風よけ役じゃん？」

「うんうん、たしかに。それなら納得だなー。でもさ、それでもあたしは斉藤さんのポジションが羨ましいけどなー。先輩の隣でご飯食べてみたいー」

「何よ、それなら告ればいいじゃん」

「やだよー、だってそれは一瞬で終わっちゃうじゃん」

あはは、なんて笑いながらふたりが私の席から離れていく。勝手なことを言いたい放題。私は思わず机に顔を伏せた。

嵐が去って、まわりで聞いていた聴衆もあらかた納得したのか、いつもの教室の風景が私のまわりでも広がり始めていた。……ただ、私を除いて。

「頭痛い」

「何よ、せっかく助けてあげたってのに」

「ありがとう。でも他に理由なかったの？」

「じゃあかすみはあった？」

「……ない」

「頑張れ、先輩のガーディアン。しししっ」

まぁ、ヤクザだとか脅しだとかいろいろ言われているっぽいから、それに比べたらガーディアンのほうがいいか。なんて、物事を引き算で考え始めていた頃、授業のチャイムが校舎に鳴り響いた。

怠《だる》いなー、と一瞬机に突っ伏したあと、気合いを入れて顔を上げ、カバンの中に常備してある痛み止めを昨日飲みさしていたペットボトルのお茶で飲み込んだ。

一瞬ためらったけど、真夏じゃないし、一日くらいほっといてもお茶はくさってないだろう……そう祈りつつ飲み干した。ちょうどチャイムが鳴り終え、担任が教室に入ってきた時だった。

よし！　今日も一日頑張ろう。さっきのチャイムがまるで今日一日の始まりを告げるゴングにも思えて、気合い十分で授業に挑むことにした。

＊

「あれ、お前何してんだよ」

「見てわかりませんか？　寝てたに決まってるじゃないですか」

気合い入れたくせに、三時間目からは保健室に立てこもってしまった。頭痛がなかなか治らなくて、揚げ句には昨日カバンを置いて帰ったせいで数学の宿題も終わってなくて。こんな状態で数字なんて見れるわけないと判断した私は、保健室の先生に言って休ませてもらっていた。

「なんだ、サボりかよ」

寝てたって言っただけでなぜサボり認定するのかが疑問なんですが。

「サボりじゃないですよ。朝から頭痛かったので休んでたんです」

「ふーん」

そう言う先輩は体操着だ。体操服でさえカッコよく見えるから、先輩はほんとずるい。なんかずるい。

「先輩こそ何してるんですか？」

「俺は体育してたら足首が痛く……」

ケガ？　それは大変だ。なんて私がベッドから起き出した瞬間だった。

「……なった気がしたから抜けてきた」

そう言って視線を落とした足首をプラプラと見せつけている。元気よく足首のストレッチをしながら。

「……先輩、そういうのをサボりって言うんですよ」

人のことサボり扱いしておきながら、先輩こそサボってるんじゃん。

「なぁ、今日は大丈夫だったか？」

私の隣のベッドに無断で横になりながらなんの話だ。そう思いつつ、私は目だけであたりを見渡してみたけど、どうやら保健室の先生は不在みたい。

「厄介なヤツらに絡まれたりしなかったのかよ」

「厄介……うーん、とくにはなかったですかね」

厄介というほどのものは何もなかった。クラスメイトに質問攻めにされたけど、りょうちんのおかげでなんとかなったし。……正直、なんとかなったと言っていいのかも微妙だけど。あとは遠くからいろいろ言われているだけで、直接的な害はないし。

「そっか、それならいいけど。なんかあれば連絡してこいよ」

そう言って先輩はシーツにくるまった。前までは考えられなかったけど、今私のスマホの中には先輩の連絡先が入っている。私はポケットに入っているスマホを取り出し、文字を打っていく。

「送信」

私もシーツにくるまりながら小声でそう言った。すると目と鼻の先、隣のベッドからかすかにバイブレーションの振動が聞こえた。

「……おい、こういうことをわざわざメッセージすんなよ」

シーツの上から優しくポフッと頭を叩かれた。シーツから顔を出すと、ベッドから這《ば》い出てきた先輩が私を見おろしていた。とはいっても、人ひとり通れる程度の通路を挟んで並んでいるベッド。距離は近い。それでも、わざわざ私を叩きに這い出てきた先輩。

「だって、なんかあれば連絡してこいって言ったじゃないですか」

なんて言い返してみたら、再び私の頭を叩く大きな手。叩くというより撫でるというほうが近いその行為に私は思わずシーツに顔を埋《うず》めてしまった。

女子は頭を触られるのがとても弱いと思う。第二の心臓がそこにあるのではないかと思うくらい、心が高鳴ってしまう。何より、この距離は危険かもしれない。そう思って私は頭を振って先輩の手から逃れようと意思表示を示した。すると先輩もすぐに手を引いて、その代わりに口を開いた。

「あのなぁー、こういう意味じゃないだろ。なんだよ、昼メシにアイスもつけろって」

「私チョコアイスが好きなんです」

「知るかそんなもん」

そう言いながら、先輩は再び私の頭に触れようと手を伸ばしたのがシーツの隙間から見えて、慌てて起き上がった。初めからこうしてれば頭撫でられないですんだんだ。

……いや、そもそも撫でられているわけじゃなく正確には叩かれているんだけど。

「ダメですか？　友達のよしみでどうか……」

「バカヤロ。そんなヤツは友達じゃねーよ。ただたかってるだけじゃねーか」

ちぇっ、なんて何気なく先輩から視線を逸らしたら……。

「あっ、雨だ」

窓の外にはシトシトと雨が降りてきていた。

とうとう降り出してしまったか。私は傘を持ってないというのに。

「傘持ってくるの忘れたのに……」

「こんな天気悪いのに持ってこなかったのかよ」

だって今日は手ぶらで登校だったんですよ。いつもならカバンに入れるところを手ぶらだったんで忘れたんです。財布はポケットに入れっぱなしだったからよかったけど、傘はそうはいかないから。

「そういう先輩は持ってきてるんですか？　意外なんですけど」

「一言多いっつーの。俺はいつも学校に置いてんだよ」

なんだ。ですよねー。

「それ、持ってきたとは言いませんよね？」

「お前、意外とうるさいヤツだよな」

あっ、つっかかりすぎちゃったかな？　なんて思ったのも束の間、先輩ははっときれいに笑った。文字どおり、きれいな笑顔だった。鋭い目尻をふにゃりとしならせて、筋張った鼻を長い指先で掻きながら。

先輩がそうやって笑ってくれるのなら、私は道化にだってなんにだってなれる気がする。

元の、私の知っている先輩に戻るには時間が必要だ。もしくは、新しい彼女が必要なのかもしれない。ただそれは、日替わりなんてものじゃない、先輩が本当に、心から好きになる人。

先輩は私のヒーロー。爽やかに笑顔を振りまきながら、実家の花屋さんに来たお客さんを柔らかい物腰で対応していた先輩。見ているだけで心の中がホッとするような温かい気持ちにさせてくれた。小学生だった私にとって、先輩はマンガや映画の中に出てくるようなカッコいいヒーローだった。

だけど、知らない間に先輩はみんなのヒーローになっていた。ヒーローの隣には可愛いヒロインがつきものなのに、先輩の隣にそれはいない。ヒロインの席はまだ空席のままだ。

でも、私はヒロインにはなれないから、先輩が元気になれる居場所を提供できる人間になりたい。先輩のこの笑顔を守りたい。もっと、もっと、笑っていてほしい。

先輩は正直、私が出会った頃よりもずっと背が伸びて、ずっと声も低くなって、ずっと、ずっと……カッコよくなった。

きれいな花には蝶《ちょう》や蜂、たくさんの虫たちが寄ってくるように、先輩もカッコよくなってからまわりが騒がしくなってしまったに違いない。恋による傷が思ったよりも深くて、身動き取れなくて、でもまわりは放っておいてはくれない。ただ蜜を吸われるように、勝手に羽休めされてしまうように、彼女たちのなされるがまま、言われるがままになって、こうなってしまった。

私は先輩の高校生活をたった数ヶ月しか見ていない。だけど、私が知り合った中学生だった頃の先輩は、今みたいな顔で笑う優しい人だった。とても爽やかな好青年だったのに、高校で出逢った先輩は違った。先輩のことを遠目で見ている時、まわりの女子が先輩のことをクールだと言っていた。たしかによく言えばクールなのかもしれないけど、私はそうじゃないと思う。単に笑顔がなくなって、ぶっきらぼうになってしまって、クールというより冷めた感じ。

先輩の瞳に映る世界には、彩りはあるのだろうか。何を見ても同じとでも言いたげに、先輩は何をしていても楽しそうじゃなかった。毎日灰色の世界に身を置いて、同じ毎日を繰り返しているように私には見えた。

それは、私の知っている先輩の姿じゃなく、私があの時ヒーローだと思った先輩の姿なんかじゃなく……。

だから先輩、私は先輩の友達役を頑張ります。たとえ風よけ役だとしても、頑張ります。なんだかんだと文句言ってすぐ挫《くじ》けそうになるくせに、先輩の笑顔を見るたびに私は心に誓いを立てていく。すぐに心折れそうになる誓いだけど、先輩が笑顔を見せてくれるたびに立てていく。

だから先輩、どうか笑って。もっとたくさん、笑って――。

気がつけば、私を苦しめていた頭痛は治まっていた。

「あっ、チャイム。三時間目終わりましたね」

「だな」なんて言いながら先輩はかったるそうな体を天に向かって伸ばした。

「じゃ俺は教室戻るわ」

「あっ、私も戻ります。もう頭痛治ったので」

そうやってベッドから這い出ようとしたら、先輩に押し戻された。

「かすみ、お前はもうちょい寝とけ」

「いや、でも、頭痛はもう……」

「バーカ。せっかくサボれる口実あるんだろ？　そんな時はゆっくりサボってりゃいいんだよ」

そう言って、先輩はとろけるような優しい顔で微笑んだ。無防備な私の頭を撫でながら。

そういう顔をされると、私と先輩の距離はどんどん縮まっているのだと実感する。もちろん、先輩にとって害のない人間という、友達枠に納まっているという意味で。だから私は勘違いしないように、きゅっと唇を引き結び、口を閉じた。そうすることで、心の扉も開いてしまわないように。

恋心——そんなものが、そこから飛び出してしまわないように……。

「四時間目終わったらまた食堂でな。あっ、そこはサボんなよ」

「ちゃんと行きますよ」

私はふてくされたみたいに、シーツを頭からかぶって返事を戻した。

「ははっ、ならいいけど」

ガラガラ、と保健室の扉が開いて先生が帰ってきた。それと入れ違う形で、先輩は出ていった。

「斉藤さん、どう？　頭痛はよくなった？」

「いえ……また始まったみたいです」

「あら、顔が赤いわね。熱でも出てきたのかしら。体温計、体温計……」

先生は隣の部屋に体温計を取りに行った。でも先生、熱はないんです。これは違うんです。そういうのじゃないです。

かすみ――先輩が何気なく呼んでくれる私の名前。先輩が何気なく触れてくる私の頭。先輩のあんな優しい笑顔を向けられながらそんなことされたら、誰だってこうなると思う。

大丈夫、私は大丈夫。ドキドキと高鳴る心臓、熱を帯びた頬。だけど大丈夫、まだ私は大丈夫――。

＊

「おっ、ちゃんと来たな」

ガヤガヤと騒がしい人混みをくぐり抜けて、私は先輩の座る隣の席についた。

「先輩、これなんですか？」

「何って、それはかすみの昼メシ。買っといた」

ニヤリと笑う先輩は、私の反応を楽しそうに覗《のぞ》き込んでいる。

「いや、なんで勝手に決めるんですか。私、今日はカレーライスが食べたい気分だったんですよ」

先輩がすでに用意してくれているのは日替わりランチ。そう、先輩と同じメニューだった。今日の日替わりは焼き魚みたい。

「俺が買うんだからな。俺がメニュー選ぶのは当然だろ」

はい出ました、王様。王様の言うことは絶対ですか。先輩が王様なら、きっと私は下民だ。

だけど下民だって黙っちゃいませんよ。

「いやいや、おかしくないですか？　だってこれはいわば報酬。選ぶ権利は私にありますから」

「じゃあ俺より遅く来たのが悪い。第一、俺が買ってここまで運んでおいたっていうのに、お礼の一言もなしか？」

王様の独裁政権だ。

「はいはい、ありがとうございますぅー」

「ははっ、言い方が可愛くねぇなー」

そう言いながら満足そうに焼き魚に箸をつけた。

「もう秋ですね。サンマがおいしい季節です」

「なに言ってんだお前。サンマ食いながら」

「だから、純粋においしいって意味です」

私がそう返すと、先輩は鋭い目尻をくにゃりと歪めた。そんな様子にいちいちドキリとするけれど、私はそんな感情に気づかないフリをして、サンマを口に運ぶ。

「ははっ、ほんとかすみは回りくどいよな」

それはもうほっといてくださいよ。

「私、血合い部分が好きなんですよねー」

「げぇ、マジかよ。この茶色い部分だろ？　そこ、苦いだけだろ」

「チッチッチ、先輩ってば意外とお子ちゃまなんですね」

「お前はおっさんだよな」

「失礼ですね」

「かすみもな」

なんてしょうもなくも他愛ない会話をしていると、ふとまわりの目なんてどーでもよくなってくる。相変わらず私たちのまわりには人だかり。遠目にひそひそと私のことをよく思わない人たちが悪口言っているのはわかるけど、それももう気にしない。

そんなふうに思えてきた時、急に声をかけられて、思わず飛び上がってしまった。

「斉藤さーん」

「はっ、はい！」

「ぷっ」と、隣で先輩が吹いた声が聞こえた。

仕方ないじゃん、びっくりしたんだから……。少し恥ずかしさを感じながら、声のするほうへ振り返った。

振り向くとそこには小倉さんと山下さんの姿があった。一瞬ちらりと先輩に目を向けたあと、私に向かってこう一言。

「斉藤さん大丈夫だった？　ずっと保健室で寝てたでしょ？」

あっ、なんか嫌な予感がする。

私はそう思いつつ、聞かれたことにだけ答えた。

「うん、でももう大丈夫。ゆっくり休んだから」

「そっかー、ならいいけど。あっ、授業のノート必要だったら言ってね、私いつでも貸すからね」

「あっ、ありがとう」

ノートだったら、りょうちんに借りるつもりだったからいいんだけどな。というか、こんなにふたりと……というか山下さんとはもともとあまり話したことなかった。今朝は小倉さんがよく話していたけど、今は山下さんがよく話す。

まさか、これは……。

「あっ、ねぇねぇ。ここの隣空いてる？　あそこにイスあるから持ってきて一緒に食べてもいいかな？」

「あー……」

やっぱり。そうだよね、そーなるよね。私をダシにして先輩と近づこう作戦。そのうち誰かはそうやってくるかなとは思っていたんだよね……。

私はチラリと先輩に目を向けた。先輩は我関せずな顔で黙々とご飯を食べているけど、明らかに不機嫌そうだ。

「ダメ？　食堂って席がすぐ埋まっちゃうから、斉藤さんたちがよかったら座らせてもらいたいんだけどなー」

ぐいぐい来る山下さん。チラチラと先輩を見ながら押し迫ってくる。でもここでダメとは言いづらい。先輩がどうにか言ってくれないものかと思うけど、先輩は相変わらずお食事に夢中のようで……。仕方なく私は口を開いた。

「あー、うん、そうだね。いい──」

「邪魔、しないでくんない？」

グイッと体を引っ張られたかと思ったら、そのまますっぽりと、ゴツゴツとした先輩の胸の中に収まっていた。

「俺はふたりでメシ食いたいんだけど？」

はっ、はいー⁉

心臓がバクバクしている。でも背中では先輩の落ちついた心音が私の体に伝ってきて、余計にドキドキしてしまう。

「先輩と斉藤さんって友達じゃないんですか？」

冷静かつ、冷酷に小倉さんがそう言うと、先輩の吐息が私の髪を掠《かす》めて、私はパニックを抑えるのに必死で何も口を挟めない。

「そう。俺の片想いってやつ」

まっ、またそれか……。

阿鼻叫喚、再び。まわりは見渡せないけど、きっとあたりが地獄絵図化していることは想像できる。早く先輩から離れないと、この地獄に落ちるのは私だ。

……そう思うのに、私の体は動けなかった。

＊

「先輩はバカです！」

「なんだよ、悪かったよ」

私たちは昨日同様に、食堂を追い出されてしまった。今日はもうかなり食事が進んでいたし、先輩に関しては食べ終えていたくらいだ。だからいいけど、駆けつけた先生には一週間食堂を使わないようにと忠告まで受けてしまった。

「だからって、あの片想い設定はやめてください」

「もし俺が本当に――」

「そんな気ないのはわかってるんですからね！」

本当に片想いしているって言ったら、どうする？　なんて、また冗談交じりに言おうとした先輩を、先に封じ込める。なんなら先輩を睨みつけながら。そしたらさすがに先輩も申しわけなさそうに「ごめん」って言葉をこぼした。

そんな先輩を見ていると、上がっていた熱も徐々に冷えていくのを感じて、私もつい謝ってしまった。

「いえ、こちらこそすみませんでした」

元はといえば、私のクラスメイトが原因だったわけだし。あれは明らかに下心丸出しだった。垂れ流していたといっても過言ではないほどだだ漏れていた。

あれはもっとも先輩が嫌う人種だ。

私は先輩の風よけでいるはずなのに、むしろ新たな虫を呼び込んでしまった。そう考えると、私は先輩の役に立っているのかどうか疑問だ。

「私は先輩の友達役、失格ですね」

「まぁ、ああいう輩が来ることは想定内だけどな」

またた。先輩は私の頭をくしゃりと撫でた。

「それ、やめてください」

「なんだよ、かすみはいちいち俺のやることにつっかかってくるよな」

だってそれされると、上手く感情を抑えるのが難しくなる。

「子供扱いされてるみたいで不満です」

なんて言いながら、口を膨らませてそっぽ向いてやった。そしたら先輩も、ははっと笑って手を引いてくれた。

「悪かったよ」

先輩の大きな手が私の頭から離れていくとホッとするのと同時に、寂しくも感じる。

これはいけない兆候だ、そう思って私は話題を変えた。

「雨やまないですね」

「ふっ、お前、傘ないもんな」

「いやいやそれ、酷くないですか？　言いながら笑わないでくださいよ」

先輩が私から顔を背けて肩を震わせている。バカだなーとでも思って笑っているのだろうな。そう思うと無性に腹がたってきて、私は拳を握りしめた。

「先輩、殴られますよ、私に」

そう言うと、先輩はぴたりと笑うのをやめた。

「お前、ちょっと自粛しろよ」

「それは先輩も同じでは？　その憎たらしい口を少しは自粛してください」

私のセリフの何が面白かったのか、先輩は再びお腹をかかえて笑い出した。さも楽しそうに、ひーひー言いながら。何がそんなにツボだったのか。わからないけど、先輩が楽しそうならまぁ、いっか。そう思って、まだ笑い続けている先輩のことは無視して、私は空を見上げた。どっかで傘買って帰らなきゃ。でもコンビニは駅近くまでないから結局濡れることになるんだけど。

「駅までなら帰り送ってやろうか？　あっ、帰りに予定なかったらの話だけど」

目尻を拭いながら、さっきの笑いの名残を残した表情であっさりそんなことを言ってのけますがそれって、相合い傘ですかね……？　私このあと教室に戻るのもなかなかの勇気がいるんですけど、それはさすがに明日誰かに殺されるんじゃないかと。

「いやー、予定はないっちゃないんですけど……」

「なんだよ、どっちだよ」

どーしよう。うーん、うーん……。

「あっ、私園芸部だからお花に水あげしなきゃだし」

「いや、それは十分だろ」

先輩はそう言ってつん、と向かいの花壇を指さした。……そうですね。雨ですもんね。花壇に水あげどころか、雨でびしょ濡れだ。

「お前、本当に俺のこと嫌うよな」

言いながら先輩は笑った。さっきの笑いとは違う笑みだった。それがどことなくちょっとうれしそうにも見えるのは、安心とかそういった類の気持ちからなのか……。嫌われてうれしく思うなんて、本来おかしな話なのに、先輩はそのほうが安心できるのだと思う。

それってなんだか少し、悲しいな。

「そんな……嫌ってなんてないですよ」

嘘つけ、なんて言い返されるけど、私も笑顔を振りまくのが精一杯だ。どことなくぎこちなさは感じるけど、きっと上手く笑えているだろう。

「なんか、姪《めい》っ子を相手してる気になってきたわ」

姪っ子？

「先輩、姪っ子がいるんですか？」

「おう、十歳も年上の姉貴がいるんだよ。結婚して家も出てってるけど、その姉貴の子供もいつもそーやって俺のこと避けるんだよなー。かと思ったらいつも隣にやってくるし」

その姪っ子ちゃん、羨ましいな。いつでも先輩に可愛がってもらえるなんて。

「その子はきっと、先輩のことが好きなんですよ。ある種のイヤイヤ期ってやつじゃないですか？　もしくは人見知り的な照れとか」

「どーだか」

なんて言いながら、先輩は優しい顔で遠くのほうを見つめた。私のよく知る先輩の笑顔で……。

＊

「昼休み、なかなか修羅場ってたじゃーん。ししし っ」

五時間目が終わってからの休み時間。待ってましたとばかりに駆け寄ってきたのはりょうちんだ。

「いやいや、笑いごとじゃないってば。なかなか大変だったんだから」

「いやー、ガーディアンが逆にピンチ呼んじゃうパターンだったじゃん？　なかなか楽しいものを見させてもらったよ」

「りょうちん、本当にいい性格してるよね」

「あんがと」

いや、褒めてないし。ししし って拳を口元に当てながらうれしそうに笑っているけどさ、ほんと今も山下さんたちの視線痛いんだから。

私はチラリと背後を見やった。そしたら小倉さんと山下さんが私のほうをチラ見しながらコソコソと何か話している。そんなコソコソ話さなくたって、話している内容は大抵想像がつくってば。彼女たちはいつ言いがかりをつけに私のところまでやってくるのかな、って思っていたけど、どうやら来る様子はなさそうだ。

なるべく人との接触を避けるため、私は五時間目の本鈴ギリギリまで先輩と中庭で話していた。五時間目は体育だったけど頭痛を理由に見学するつもりだったから着替えなくてもいいし、そのまま体育館へと直接向かうことにしていた。

放課後、一緒に帰るかどうかは雨がまだ降っているかどうかによって判断しようとなった。

「かすみ、あんた誰かに殴られでもしたの？」

「えっ？」

突然突拍子もないことを言うりょうちん。言っている意味がわからなくて視線を山下さんたちからりょうちんに向き直ると、りょうちんは再びしししっ、と、おかしそうに笑った。

「だってかすみ、今日ずっと頭さすってるからさ」

あっ、と思って思わず手を引いた。無意識だった。私の左手は無意識に自分の頭を触っていたみたい。それはまるで、先輩に撫でられていた時みたいに。

「なっ、ないない。怖いこと言わないでよ」

「でも今日何度も触ってるし。自分で気づいてた？」

「いや、今朝すごく頭が痛かったんだけど、お昼の一件でまた頭痛が戻ってきたみたい……」

「しししっ、なんだー。かすみも大変だねー。お大事に」

労《ねぎら》いの言葉をかけつつ、りょうちんはまだ笑っている。私はなんとか誤魔化せたと思いつつ、心臓がバクバクと破裂しそうなのを必死に押しとどめていた。……ほんとに、頭痛くなりそうだ。

＊

「雨、やまなかったか……」

やまなくて残念なのか、まだ降っていることにホッとしているのか、自分でもよくわからない。ちょうどその時、私のスマホが震えた。

〝どーすんだ？〟

たったの一文。先輩からだった。一瞬ためらったけど、私も一文だけメッセージを送り返した。

〝じゃあ、よろしくお願いします〟

とりあえず校門の近くで雨宿りしながら待っていたらいいか、なんて思いながら荷物を持った瞬間、違和感に気がついた。

カバンがやけに、重い……？

なんで？　そんな疑問を抱きながら私はカバンを開いた。すると――。

「わっ！」

思わず声を上げ、固まってしまった。私の声を聞きつけて帰り支度しながらやってきたのはりょうちん。

「どーしたの、かす……げぇっ！」

私の視線を追ってカバンの中を覗き込んだりょうちんも、私と同じような反応を示した。

「なんじゃこりゃ、泥だらけじゃん！」

それも雨で濡れたびちょびちょのやつ。

「誰だよ、こんな陰湿なことしたヤツ！」

りょうちんが叫んだおかげで、教室内が騒がしさから一転、みんながシンと静まり返った。クラスメイトたちは私たちの様子がおかしいことに気づいて、わらわらと寄ってきて、カバンの中を覗き込んで身を引いていく。

「何これ、ヤバッ！」

私のカバンの中を覗き込みながらそう言ったのは山下さん。しかも愉快そうに笑いながら。

「斉藤さんは青井先輩のガーディアンだもんねー。いろいろな人の恨み買ってそうだよね」

「その恨んでる人って、山下じゃないの？」

りょうちんってば私が言いにくいことをズバッと言ってくれちゃう。いや、きっと、あのお昼の一件を見ていた人なら誰もが思ったであろう意見だ。

「はぁー？　変な言いがかりはやめてよね。私こんな陰湿なことしないし」

「どーだか」

りょうちんは腕を組みながらまだ山下さんを疑っている。と、そこにやってきたのは小倉さん。

「あたしずっと一緒にいたけど、彼女じゃないよそれ」

「どーかなぁー？　ふたりはグルの可能性あるじゃん？」

「疑うのは勝手だけど、証拠もなくそういうこと言うのはどうかと思う」

「だってタイミングよすぎじゃん？」

「だからそれって——」

「ストップ！」

不穏な空気を割るように、りょうちんたちの間を割って入った私。とりあえずこれが誰の仕業かはわかんないけど、わかんないものをここでごちゃごちゃ言っていても仕方ない。

「りょうちんありがとう、心配してくれて。これについては証拠も何もないわけだし、私が不特定多数の人によく思われてないのは事実だから」

私は深く深呼吸してから、クラスメイトの視線を無視しつつ、カバンを担いで教室をあとにした。とりあえずこの中身の泥を外に出して、丸ごとカバンを水洗いしてしまおう。

「ちょっとかすみ、どこ行く気？」

後ろから走って追いかけてきてくれたのは、やっぱりりょうちん。

「この泥を校庭に出そうと思って。カバンも洗いたいしね」

カバンを洗うことを考えたら、三年生の校舎裏にある花壇がちょうどいいかもしれない。そしたら水やり用のホースもあるし、土も花壇に捨てれば一石二鳥だ。そう思って向かったら……。

「嘘……」

「えっ？　今度は何？」

後ろから追いかけてきたりょうちんも私と同じ光景が目に入ったらしく、さすがに呆然としているのがよくわかる。

「……マジか」

背後にいるりょうちん。その姿が見えなくても、その言葉や声や空気を通じて感じる雰囲気が私に状況を伝えていた。

「花壇、めちゃめちゃじゃん……」

お昼休みまでは正常だったはずの花壇。それが今となっては見るも耐え難い状態だった。花は引っこ抜かれ、踏み荒らされている。どうやらカバンに入っている泥はここのものみたいで一部土が盛り返されていた。

この放課後までの間に、いったい誰が……？　いや、とにかく今は犯人探しなんてしている場合じゃない。先輩には先に帰ってもらうように連絡して、まだ大丈夫そうな花があればせめてそれだけでも救出しよう。

雨脚は徐々に弱くなってきて、ひとまず花壇の花の様子を間近で見に行った。せっかくきれいに咲いていたペチュニアやサフィニアは踏みつけられて見るも無惨に横たわっている。オレンジ、ピンク、イエロー。三色の色違いで植えた私が好きな花、ガーベラは引き抜かれ、花びらは散り散りに散っている。もうすぐ咲くはずだったコスモスはつぼみを大きく膨らませたまま、引き抜かれ踏みつけられていた。

「かすみ、濡れるよ」

そう言っても私がなかなか動こうとしないから、りょうちんは傘を取りに行くと言って、行ってしまった。濡れることなんて、今の私にはどうでもいい。呆然と荒れ果てた花壇を見おろして、ただただ悲しくなった。

「花だってさ、生きてるんだけどなぁ」

私たちと同じで水も必要だし空気だって必要だし、私たちと同じように成長していく生き物なのに。花をこんなふうに痛めつけるのなら、私に直接言えばいいのに。不満があるならこんな形なんかじゃなく、直接私に挑みかかればいいのに。

どうして人は、いつだって弱いもののほうを、攻撃しようとするのだろう。何も言えず逃げることもできないような弱い存在を、どうして攻撃するのだろう。

それで得られるものはなんだったのだろう。相手はこれで満足できたのだろうか。私が傷ついて悲しむことが満足なのならば、この気持ちを持つこと自体、相手の思うつぼなんだと思う。

わかっている。わかっているけど、やっぱり……。

「なんか、悲しくなってきちゃったなぁ」

思わずこぼれた、弱音。普段ならこんなこと言わない。けど、精魂込めて作り上げた花壇だったからこそ、ダメージは大きかった。

それに、ひとりだからこそこぼれた言葉でもあった。なのに——。

「じゃあ、泣いてもいいぞ」

冷たい雨が、急に止まった。

パラパラと弾む音とともに、背後からかけられた言葉。背後から私に傘を差してくれている相手が誰かなんて、振り返らなくてもわかる。

「……先輩、なんで先に帰ってないんですか？」

ヒーローですか、先輩は。弱っているところにサッと現れる正義の味方ですか。

「かすみが呼んでる気がして？」

「疑問形で言わないでくださいよ。そもそもそれ、間違ってますので。私、先輩なんて呼んでませんのでお帰りください」

「相変わらずドライだなー」

そう言って、小さく傘の先が揺れる。声の調子からして、きっとこれは先輩が笑っているからなんだと思う。

こんな状況でも先輩はいつもどおりの口調でいつもどおり接してくる。これはきっと、先輩なりの気遣いなんだと思う。だからこの態度に対していっさいの不快感はなく、むしろどんな表情でこちらを見ているのかが気になった。

たとえば、マンガとかでありそうなシーンで、私の代わりに先輩が怒りを露《あら》わにしたり、その感情を表すひとつとして大声で叫んだり……なんてことでもされていたら、きっと私の感情はいったん横に置くことになって、どこか消化不良な気分になっていたと思う。それは私の存在をどこかおざなりにされたような感覚で、先輩に対してガッカリした気持ちになっていたかもしれない。

もしくは、ドラマとかでありそうなワンシーン。先輩が背後からやってきた時に、もし抱きしめられていたら、私は本当に——泣いてしまっていたかもしれない。

でも先輩はそうはしなかった。いつもどおりだった。それでいいし、それがいい。先輩は正義の味方でヒーローなのかもしれない。けど、私はヒロインなんかじゃない。先輩のヒロインは私なんかじゃない。

もし私がヒロインだったのなら、今頃ドラマが生まれていたかもしれない。だけどドラマは生まれないし、先輩のヒロインは他にいる。

ヒーローの隣はヒロインのもので、ヒーローが抱きしめていい相手はヒロインだけでなくちゃいけないんだ。

だから、私はこれでいい。

「アイスでも食いに行くか」

振り返ろうとした私の顔にもかかるよう、頭にタオルをかけられた。

「わふっ！」

思わず変な声が漏れたけど、それをつぶすみたいにタオルごしに頭をくしゃりと撫でられた。

「言っとくけどそれ、きれいなやつだからな」

「知ってます。先輩汗かくほど今日は体育の授業受けてないですもんね」

「ははっ、うっせーよ」

また頭をくしゃりと撫でられた。

「まだ暑いとはいえ、濡れっぱなしだと風邪ひくぞ」

「大丈夫です。私、頭よくないので風邪ひかないですから」

「バカ、だからだろ。バカは夏に風邪ひくんだよ、バーカ」

そんなにバカを連発しなくてもいいじゃないですか。

顔にかかったタオルを払う先にいる先輩は、私に傘を差し出して自分は濡れている。

「……先輩こそバカですか？　めっちゃ濡れてるじゃないですか」

「俺は濡れてるほうがいいんだよ。水も滴る、ってやつだ」

「やっぱりバカだと思うので風邪ひくと思います」

私がそう言い終わるか終わらないかのタイミングで、勢いよく傘を押しつけられてしまった。でも先輩は意気揚々と鼻歌なんて口ずさみながら空を仰いで雨を受け入れている。

——水も滴る、ってやつだ。

そうですね、先輩はカッコいいです。みんなが騒ぐ理由もわかります。今だって、雨が先輩に触れて喜んでいるようにも見えます。バカバカしいたとえですけど、本当にそう思えるのだから仕方ありません。

先輩に触れた雨は小さな礫《つぶて》となって先輩の体に触れて、弾かれて、飛んで、消えていく。まるでダンスでも踊っているかのように、舞って消えていく。

「それより先輩、こんなところで何してたんですか？」

先輩はヒーローかもしれないけど、それにしたって現れるタイミングがよすぎる。

「俺が校門近くの校舎下にいたら明るめの金髪に染めたボブヘアーの女子が来て、そいつがここにかすみがいるから行けって言ったんだよなー。アイツ、お前の友達だよな？　たしか前、食堂でかすみの隣にいたろ？」

金髪ボブ……きっとりょうちんのことだ。傘取りに行くって言って戻ってきてないのはそのせいだと思う。傘立てが門を出る前のピロティーホールにあるからそこに向かっている途中で先輩を見つけたのだろう。

「はい、そうです。彼女は私の一番のクラスメイトなんです」

「ふーん。それより、お前ホウレンソウを怠るなよなー」

「ほうれん草……？」

何？　ほうれん草が食べたいって意味ですか？　急に？

「バーカ、報・連・相だろ。報告・連絡・相談ってやつだ。知らねーの？」

「知りませんし、初めて聞きましたけど」

「なんだ、バイトしたことないのか」

そういう先輩はしてるんですね？　そう言いかけて、やめた。それを聞くのはプライベートに関与する部分かもなんて思ったから。でも、なんとなくしているんだろうなーって気はしていたけど。

先輩が私が地面に置いていたカバンを拾おうとして、えっ？　って顔をした。花壇の状態にショックだったせいで、荷物をその場に置いたままにしていた。

「なんかあったら、報告しろって言ったよな？　俺に先に帰れって言ったのはこのためだったんだろ」

そう言って先輩は私のカバンの中の泥を花壇に戻した。

カバンの泥を捨てきると、先輩は私のカバンを持って近くにある水道へと向かう。

「これ、一回水流したほうがいいと思うけど、いいか？」

「あっ私、自分でやります！」

私の言葉を聞かず、先輩はホースでカバンの中をすすぎ始めた。私がやるって言っているのになぁ。なんて思いながら、カバンを洗ってくれる先輩に傘を差した。

「バーカ、お前が濡れるだろ」

「私はもうすでに濡れてますから。それと、バカは余計です」

「ははっ。俺だってもう濡れてるからいらねーよ」

先輩が優しいのは、罪の意識だろうってことはわかってる。だからこの笑顔にもときめいたりなんてしない。してあげない。

「先輩、アイス食べたいです」

「よし、買いに行くか」

そうは言ったものの、先輩から引き取ったカバン。私たち以上にビチョビチョになったこれをどうしたものか。そう思って、私は首をかしげて考えた。

「このカバン、どうやって持って帰りましょうかね」

このまま教室に置いて帰ってもいいけど、また明日も同じことされたら厄介だしな。

「教室にあるゴミ袋に入れて持って帰るか」

「あっ、それいいですね。そうします」

そう言って私たちは校舎に向かって歩き出した。

今日は雨だし、花壇はまた明日きれいにし直そう。今度はトゲのある花か、素手で触るとかぶれるような植木でも植えてやればいい。

さっきまで悲しくて無気力に沈んだ気分だったのに、先輩の後ろを追いかけながらそんなことを考える自分が不思議だった。むくむくと元気がわいてくるのを感じて、先輩はやっぱりヒーローなんだな、なんてバカバカしいことを考えていた。

ヒーローの隣はヒロインのもの。

だけど、ヒーローはヒロインだけのものじゃなく、みんなのヒーローでもあるんだ。

＊

「おーい、こっちだ」

先輩の誘導で向かったのは三年生の校舎。何も考えず一年校舎へと向かおうとしていた私は先輩のあとを追いかけて校舎内に入った。三年生が使う校舎。見た目はまったく同じ建物なのに、廊下を歩くと窓から見える景色が違っていて、なんだかドキドキする。移動教室の時にこの校舎を使うことはあるけど、それもときどきだ。もう人の気配はほぼない校舎内を私はそわそわしながら先輩の後ろをついていった。

あっ、ここだ。

先輩は何も言わずに教室の中へと入っていった。三―Aと書かれた表札が先輩のクラス。三年生が使う校舎と移動教室で使う教室は階が異なるけど、りょうちんと一緒にわざわざこの二階の南階段から北階段へ移動して三階にある移動教室へと向かったことがある。一年や二年の女子はこの移動方法が定番だった。みんなそうやって先輩や上級生の教室を覗きに行くんだ。

いつも移動教室の時、一緒に行動をともにするりょうちんは、他の女子とは違い気まぐれと興味本位でこのルートを選ぶ。私は先輩が見たいからなんて言えず、その気まぐれに付き合ってます、の体《てい》でこのルートを通っていた。

「おい、何ぼけっとつっ立ったってんだよ。ほら、これ使え」

そう言って教卓の中から取り出したのは真っ黒なゴミ袋。

「あっ、ありがとうございます」

それを受け取ろうとしたら、突然視界が真っ暗になった。

「わっ！　何するんですか！」

ゴミ袋を頭からすっぽりとかぶせられて、袋の口を縛られている。私が慌てて袋から出ようともがいている時、袋ごしに先輩の手が私の頭を撫でた。かしゃかしゃという袋の音がやんだ時、視界は黒から薄暗い教室へと切り替わった。

「いろいろと、悪かったな……」

くしゃくしゃになった袋を私に押しつけて、先輩はまた私に背を向けて教室を出ていく。アイス食いに行くぞ、なんて言葉が人気のない廊下で小さく響いて、立ち止まったまま呆《ほう》けていた私は慌ててあとを追いかけた。

――いろいろと、悪かったな……。

どうやらヒーローは不器用みたいです。

「そういや、財布とか教科書とか大丈夫だったのか?」

思い出したように振り返った先輩は、袋に入れた私のカバンに視線を投げた。

「大丈夫です。財布はいつもポケットに入れてますし、教科書はすべて机の中ですから」

なんて、本当は教科書は一部カバンの中に入れていた。それはどこに行ったのかはわからない。でもそれを今言うのは野暮な気もしたし、これ以上このことで波風立てたくないと思ったから、あえて伏せておいた。

「ははっ、いつも机の中ってお前、家帰ってから勉強する気ないだろ」

「先輩こそ同じでしょ。先輩のカバンだってぺったんこじゃないですか」

「俺は勉強しなくてもできるからいいんだよ」

適当なこと言って……って言いたいところだけど、それが事実だから言えないのが悔しい。

先輩は実際のところ頭がいい。テストの時、成績優秀者十名のみ職員室の隣に名前が張り出されるけど、先輩はいつもその中に記載があるんだ。先輩はヒーローだから、なんでもできるんだ。なんて、バカバカしいことを思って自分との出来の差を受け入れようとした。

「あっ、雨……」

「……上がったな」

雲間から射《さ》し込む一筋の光。まだまだ厚い雲が空を覆うけど、その隙間から光が地上へと降り注がれている。

「傘なくても、もう大丈夫そうですね。これ、ありがとうございました」

「だな。こいつはまた置いて帰るか」

そう言って門を出る手前のピロティーホールで傘を先輩へと返すと、先輩はそれを持ってすぐそばにある傘立てに立てかけた。

「よし、コンビニ行くぞ」

それはアイスを買いに行くぞって意味ですよね。なんて確認はせず、私は先輩を追いかけて校舎を出た。

「けど、アイス食うにはちょっと肌寒くないか？」

「じつは私も、そう思ってます」

何せさっきまで雨が降っていたし、小雨だったとはいえそこそこ長い間雨に打たれていたから……。

私は先輩に借りたタオルを首に巻き、ゴミ袋に入れたカバンを肩から担いだ。黒い袋を担ぐサンタクロースのイメージで。季節も逆だけど。

「まぁ、とりあえずコンビニ寄ってくか。俺なんか食いたいし」

「そうですね。ちょうど駅までの帰り道にありますしね」

気分を変えたい。そう思って、私たちはコンビニへと向かった。

〈花言葉〉別れの悲しみ、悲嘆、寂しさ
Calendula
キンセンカ

「お帰り！」

玄関の扉が開いたと同時に、家の敷居をまたごうとしている人物に私は思いっきり抱きついた。

「ただいま、かすみ」

季節は夏から秋へと移ろうとしているというのに、彼女の声はどこか春うららかな暖かいものを彷彿させる。それが――。

「私、お姉ちゃんが帰ってくるのすっごく楽しみに待ってたんだよ」

私の姉、風花だ。お姉ちゃんは名前のとおり花が風に舞うかのように、ふわりと微笑んだ。

「かすみは相変わらずね」

「お姉ちゃんは相変わらずきれいだね」

「あはは、そういうところも相変わらずね」

お姉ちゃんはそう言って笑うけど、本当にそう思っているんだけどなぁ。ＤＮＡとは当てにならない、なんて思うほど、私とお姉ちゃんでは月とスッポンだ。

「お姉ちゃん、また痩せた？」

「本当？　太らないようにしなくちゃって最近気をつけてたからかな？」

「私、お姉ちゃんが太ったとこなんて見たことないよ」

「テレビに出ると太って見えちゃうからね。ちょうどよかった」

そう言ってお姉ちゃんはお母さんたちがいるキッチンへと向かった。そのキッチンへ向かう途中、ふと思い出したかのような物言いで、口を開いた。

「……そういえば、かすみってM高校に入学したんだよね？」

「うん、そうだよ」

「そっか。高校……楽しい？」

「うん、楽しいよ」

「そっ、か。うん、よかったね」

お姉ちゃんはそのままキッチンの扉を開き、お母さんたちと久しぶりの対面を果たす歓喜の声がまだ廊下に立ち尽くしたままの私のところまで響いている。私はなかなかキッチンには向かえず、二階に上がる階段に座り込み、息をひとつ吐き出した。

お姉ちゃん、一瞬だけ戸惑ったような表情をして、口がまごついていた。

『高校……楽しい？』

高校って言ったあと、本当は〝楽しい〟？　って聞くつもりじゃなかったと思う。それは唇の動きを見れば一目瞭然だった。お姉ちゃんは間違いなく痩せた。東京に上京してからこの一年間、ほとんど会えなかったけど、会うたび痩せていっている気がする。きっと仕事が忙しいのもあるだろうし、ダイエットしなくちゃいけないのも嘘じゃないとは思う。でも、一番の理由はきっと――先輩のせいだ。

『高校……颯ちゃんと一緒なんだね』

きっと、そんなふうに聞きたかったんじゃないだろうか。

青井颯太。お姉ちゃんが一年前まで付き合っていた相手は、私に友達役なんて無茶振りをしてきた青井先輩。そして、青井先輩があんなふうになってしまった原因は私の姉、風花のせい。

ヒーローにはヒロイン。

先輩のヒロインには、私のお姉ちゃん以外にいないと思う。それは逆もしかりで、お姉ちゃんのヒーローはきっと先輩だけなんだ。

ヒーローの隣にはヒロイン。それはごく当たり前のポジションで、当たり前だからこそ、そこが破綻してしまうと物事はおかしくなってしまう。

先輩が遊び人になってしまったように。そして、私のお姉ちゃんがどこか元気なく痩せ細っていくように。

別れを切り出したのはお姉ちゃんからだった。

モデルにスカウトされてすぐは興味なさそうだったのに、やり始めてみるとハマりだしたお姉ちゃんは本気でモデルの仕事をやっていきたいって思い始めて、仕事のために上京した。それに合わせて、高校も芸能科に編入した。

だからこそ、先輩との別れの決断は辛かったと思う。お姉ちゃんは多くを語らないけど、私はお姉ちゃんが先輩と付き合い出した頃を知っている。

お姉ちゃんが中学生だった頃、隣町の塾に通っていた時に同じ塾を利用していた先輩と出会って、付き合うことになった。お姉ちゃんから彼氏ができたって報告を受けた時、せがんで見せてもらった写真。そこに映るお姉ちゃんの彼氏の姿を見た時、あの衝撃だけは今でも忘れることができない。

スマホ画面に映るお姉ちゃんの彼氏は、私がちょっといいなって思っていた花屋のお兄さんだった。

お姉ちゃんのスマホ画面には、以前私にも見せてくれたあの優しい笑顔がそこにはあった。その時のショックな気持ちから私は初めてお兄さんへの憧れは、恋だったんだと気がついた。

小学生の頃の、私の淡い初恋だった。子供だったけど、あれは恋だった。

憧れの先輩と、大好きなお姉ちゃん。どちらも私の好きな人。だから好きなもの同士が付き合うのなら、こんなにいいことはないじゃんって思った。だからこそ、お姉ちゃんが別れを選択した時は、私も苦しかった。

お姉ちゃんが部屋でこっそり泣いていたのを私は知っている。

昔に比べたら芸能界はオープンなイメージだけど、それでもやっぱり新人には厳しい世界なのかもしれない。

お姉ちゃんが所属している事務所の方針で、一般人との付き合いは認めてもらえなかった。それだけお姉ちゃんには期待していたんだと思うし、現に今では雑誌の表紙も飾り、最近はテレビにまで出始めている。

今はどこでスクープを撮られるかわからない時代。スクープを取られ、期待の新人の芽を摘まれないように先手を打つ事務所の気持ちもわかる。頭ではわかっているけど、心はなかなか理論どおりにはいかない。だからきっと、今もお姉ちゃんはもがいているんだと思うんだ。

ううん、お姉ちゃんだけじゃない。先輩だって、ずっと——。

一年付き合って別れたふたり。でも私は知っている。先輩はひとつ年上である私のお姉ちゃんが通う女子高と同じ学区内にある今の高校に通うため、猛勉強していたこと。だけど先輩が高校を受験後、お姉ちゃんは別れを切り出したこと。私はお姉ちゃんから聞いていたから知っている。

ここから高校までは電車で一時間以上かかる距離にあるから、先輩の元カノが私のお姉ちゃんだと知る人はいないし、先輩も私のことを元カノの妹だなんて知らない。

私は写真が好きじゃないから撮らない。お姉ちゃんと一緒に写真を撮ったのももうかなり昔のことだ。だから先輩は私のことを知らない。

「かすみー、今夜はすき焼きだって。卵が足りないから買い出しに行こう！」

「それなら私ひとりで買いに行ってくるよ。お姉ちゃんは帰ってきたばっかなんだからゆっくりしてなよ」

私がリビングに入ると、お姉ちゃんはお母さんと一緒にキッチンに立っていた。

「そうよ、かすみに頼んで風花はゆっくりしてなさい」

お母さんにそう言われるとなんだかムッとしてしまう。

「いいのいいの。久しぶりだし地元をゆっくり歩きたい気分なの。だからねっ、かすみ一緒に行こう？」

「お姉ちゃんがそう言うなら……」

お姉ちゃんは綿毛のようにふわふわとした柔らかな笑顔で私の腕を掴んできた。久しぶりにお姉ちゃんと一緒に出かけれるなら、それがたとえスーパーだとしても素直にうれしい。

お姉ちゃんは忙しいし、自分のやりたいことを追いかけているわけだから私は大人しくお姉ちゃんが帰ってくるのを待っていた。いろんなことを制限して、我慢して、お姉ちゃんは今の立場にいる。だからそれを邪魔したくない。そう思っていただけに、お姉ちゃんと一緒にいられるこの時間は私にとって、とても貴重なものだった。

「かすみ、なんだかしばらく会わないうちにきれいになったね」

家を出てすぐのことだった。お姉ちゃんはそう言って私の頭を撫でてくる。

「なってないよ。きれいになったのはお姉ちゃんのほうでしょ」

身内のよしみというやつだろうか。お姉ちゃんは昔からこうだ。

「嘘じゃないよ。かすみは間違いなくきれいになった。それって……もしかして、彼氏でもできたの？」

「いっ、いないいない！」

一瞬ドキリと心臓が跳ねた。ドキリとする理由はないのに。彼氏なんていないし。

「慌ててるー。怪しいなぁ」

「慌てもするでしょ！お姉ちゃんが急に変なこと言うんだもん」

「変なことかなぁ？かすみももう高一だし、学校にも慣れただろうし、そういうのがあってもおかしくないと思うけどな」

「私はお姉ちゃんと違ってモテないからね」

これは皮肉ではなく真実だ。私とお姉ちゃんが並んでいたら、きっとみんなお姉ちゃんを選ぶんだ。一〇〇人いたら一〇〇人ともお姉ちゃんを選ぶと思う。同性の私から見てもお姉ちゃんは魅力的だと思うのだから、まわりの人から見たらもっとそう感じるはずだ。

芸能プロダクションの人がそうだったように、私とお姉ちゃんが並べば選ばれるのはいつもお姉ちゃん。先輩だってそう。私のほうが先輩とは先に出逢っていたはずなのに、先輩が恋に落ちたのはお姉ちゃんのほうだった。

もしかしたら、当時の私は幼すぎたというのもあったかもしれない。だけど、世の中とはそういうものなんだ。縁やタイミング、そういうものだってきっとあるんだと思う。

私はきっと、そういうのが上手く自分の願いどおりにいかないってだけ。それをどこか少し悲しく感じた時はあったかもしれない。けど、私はちゃんと自分の身の丈を知っている。いつまでも自分でどうにもできないことで恨んだり悲しんだりするほど私は暇でもない。

「お姉ちゃん」

「うん？」

「お姉ちゃんのブログ、いつも読んでるよ」

「えっ！　そうなの？　やだっ、恥ずかしいなぁ」

なんて言いながら照れるお姉ちゃん。そんなお姉ちゃんの反応が見たくて言ったのもあるんだけど。

「そんな照れなくてもいいじゃん。お姉ちゃんのブログは今やいろいろな人が見ているわけでしょ」

「そうだけど。でも、家族とかに見られていると思うとなんかちょっと違うんだよ」

お姉ちゃんはそう言ったあとマスクをつけた。小さな顔につけたマスクはなんだか少し大きいように思うけど、きっとこれは私が使うのと同じ標準サイズなんだろうなって思った。

「マスクだけでいいの？　帽子とかかぶらないの？」

そんなマスクくらいじゃお姉ちゃんの美貌は隠しきれてないと思うんだけど。むしろマスクは顔を半分覆ってくれるわけで、普段よりも可愛さアップしてしまうと思う。

「それって、逆に人目につく気がするけどなぁ」

「そう？　でも私だってわからなければいいの。帽子までかぶったらそれこそ何って感じじゃない？　私そんなに有名じゃないし」

そう言って微笑むお姉ちゃんは可愛さ倍増だった。思わず私まで胸キュン、即死ものだ。意識をしっかり持ち直し、私はお姉ちゃんと向き直った。

「お姉ちゃんはもう有名人だよ。だから気をつけなきゃ」

「ありがと。かすみは私のファン第一号だもんね」

「そうだよ。だから私はお姉ちゃんが心配なんだからね」

ずっとモデルの仕事ばかりしていたのに、最近ではドラマや映画のオファーまできているらしいお姉ちゃん。まだちょい役みたいだけど、それでも地元ではちょっとした有名人だ。子供の数より老人のほうが多いような、こんなさびれた町から活躍する人が出たとなればなおさら。下手をすると東京なんて都会よりも有名人かもしれないのだから、お姉ちゃんの警護は私がしっかりしなくては。

スーパーに行って卵と私が好きなアイスを買って帰る、そんな帰り道。私はとても満足だった。たったそれだけなのに、私はとても充実していた。お姉ちゃんは私の中でパーフェクトな存在。優しいし、頼りになるし、顔よし頭よし、気立てだっていい。どこに出しても恥ずかしくない人、それが私の姉だ。

私の自慢の姉。だから今週末はお姉ちゃんと一緒にいるために予定を空けている。たとえお姉ちゃんが家にいるというのなら、私も一緒に家からは一歩も出ない。映画を観るというのなら、私も隣で鑑賞する。ご飯を外で食べたいというのなら、私もついていく。

「お姉ちゃん。お姉ちゃんが将来結婚する人は、私が審査するからね。いくら相手が芸能人だとしても、変な虫かどうかはちゃんと見極めてあげるからね」

「あはは、審査って、なんだかオーディションみたいだね。かすみの審査は厳しそうだなぁ」

厳しいに決まっている。お姉ちゃんみたいなきれいな花には、優美な蝶だけじゃなく、変な虫がたくさん寄ってきちゃうんだから。

「そうだよ。オーディションするんだからね。私の審査は厳しいよ」

フンッ、と鼻を鳴らしながら買い物袋を持つ手に力を込めた。

「でも、かすみ……颯ちゃんの時は何も言わなかったよね」

お姉ちゃんは少し俯きがちに小さく微笑んだ。その笑みは夕日に照らされ赤く染まる。なのに、そこには情熱とか温かさとかとは正反対の感情が浮き上がっていた。しまった、って思った時にはもう遅い。お姉ちゃんの中にはまだ、青井先輩が存在している。それはきっとこの赤く焼ける空と同じように、色あせることはないんだと思った。

「颯ちゃんはかすみの審査に引っかからなかったんだね」

「青井先輩は……そうだね。パスした唯一の人だったかもしれない」

私は一呼吸置いてから続けて話す。

「だけど、お姉ちゃんと別れる結果になったのなら、私じゃなくお天道様の審査に引っかかっちゃったんだね。私の審査よりもずっと厳しいから……」

どことなく、言葉を濁した。そうでも言わないと納得できない気がしたから。お姉ちゃんと先輩が別れてしまった理由に。

この結果を選んだのはお姉ちゃん自身だけど、その結末をまだ引きずっている。お姉ちゃんの気持ちはよくわかる。お姉ちゃん子な私にはとてもよくわかる。それはお姉ちゃんの仕草だったり、声色だったり、雰囲気だったり。私はお姉ちゃんのクセをよく知っている。だからこそ私は言葉を濁した。目に見えないもののせいにしてしまえばいくらか気持ちがマシになるかもしれない。そう思って言った言葉だったけど、いくらもマシにならないだろうこともわかっていただけに、私は思わず俯いた。

「かすみ」

俯いてすぐ、お姉ちゃんは優しい声色で私の名前を呼んだ。

「私は当分彼氏はいらないけど、かすみは作るんだよ。そういう報告待ってるんだからね」

そう言って笑うお姉ちゃんの笑顔は、今日一番のものだった。

夕日すら跳ね返すようなとびきりの笑顔。だけど、それが私の胸にシコリを残した。だって、それはどことなく何かを吹っきっているような笑みにも見えたから。

お姉ちゃんと過ごした週末はあっという間にすぎていった。

特別何をしたということはなく、ただ一緒にだらだらとテレビを見ながらお姉ちゃんのモデルの仕事の話を聞いたり、次のテレビでのお仕事の話を聞いたり。

日曜日の朝早くにふたりで映画館まで出かけて、お昼はその近くのカフェで食べて、お姉ちゃんはその日の夕方に東京へと戻っていった。束の間のバケーションだった。

それは私にとっても、お姉ちゃんにとってもきっと。

お姉ちゃんは明日からまた仕事。モデルの仕事は意外と朝が早いらしい。私は私で明日からまた先輩の友達役を務めるのに四苦八苦しなければならない。

明日のことを考えると、みぞおちあたりがズーンと重くなる。花壇の一件もあるし、またああいう嫌がらせされたらどうしよう。そもそもあんな陰湿なことをするのはいったいどこのどいつなのか。そう思うのと同時に、その候補は果てしない数いるせいで私はこれ以上そのことを考えるのはやめた。

＊

翌日の朝。

「かすみ宛に手紙が届いてたわよ」

キッチンに立つお母さんは私には目もくれず、ダイニングテーブルの上にぽつんと載っている手紙を洗い物している濡れた指で差した。

手紙……？

テーブルの上には真っ白の封筒。宛名には私の名前がフルネームで書き込まれ、他には何も記載がない。手紙を持ち上げ、裏面を見てみるけど、送り主の名前もない。

……なんだこれ？

そんなふうに思いながら、私はいつもやるように封筒の封の閉じ口の隙間に指を入れ、あたかも自分の指がペーパーナイフであるかのようにして割いていった。

「いたっ！」

そう思った瞬間、指に鋭利な何かが当たり、鋭い痛みを感じたところから赤い血が滲《にじ》み出てきた。

「ちょっと、どうしたの」

私の指からボタボタと落ちる血を見て、さすがにお母さんは蛇口の水を止め、手をエプロンの裾で拭きながらやってきた。

「カミソリだ……」

赤黒い自分の血が指の上で雫《しずく》となって落ちるその様子をなんとなく冷静に見ていたら、お母さんは救急箱からガーゼを取り出し、私のその指に押し当てた。

「何ボーッとしてるの！　止血しなさい」

お母さんからガーゼを受け取り、血のついた手紙を注意深く制服のポケットへとしまった。

「おおちゃくな開け方するからこうなるのよ」

そう言ってお母さんは絆創膏《ばんそうこう》を一枚差し出し、血が止まったあとに貼るよう促してきた。お母さんはきっと手紙を指で開ける時、紙で指を切ったんだと思っているんだろうな。でも、そう思ってもらっているならちょうどいい。

床に落ちた自分の血を拭き取り、私はそっと部屋へと戻った。

部屋に戻ってガーゼを外すと、まだ少し血は出ているけどさっきほどではない。紙で切ったとすればこんなに深くは切れないだろう。そう思えるほど私の人差し指の傷は深い。絆創膏を指に貼ってから、ポケットに入っている手紙を取り出した。今度はハサミを使い、封を開いた。

「今時、こんなことする人いるんだ」

呆れるとはこのことだ。手紙の封を閉じているところに二箇所、カミソリの刃が仕込まれていた。それを誤魔化すかのように手紙の中には厚紙が入っていて、カミソリが固定されている。私のように封を閉じているところから開けることも想定していたのか、そこにも小さなカミソリが仕込まれていて、私は見事それに引っかかったのだ。

慎重に中に入っているカミソリと厚紙を取り出した。その厚紙にもトラップがないとは限らない。ふたつ折りされたそれを慎重に開いて、私は思わず、息をのんだ。

〝嘘つきは先輩の前から消えろ〟

よくサスペンスドラマなんかで見るような、新聞の文字を切り抜いて貼りつけられた歪《いびつ》な文字。厚紙の中には私とお姉ちゃんの写っている写真がカラーコピーで小さくなってその厚紙に貼りつけられていた。

そこに映る私は昨日のもので、お姉ちゃんを駅まで送っていった瞬間がそこにはあった。お姉ちゃんとバイバイする前の隠し撮り写真。その最後には、上の言葉同様に新聞の文字を一文字ずつ切って貼りつけたもので、こう書かれている。

〝お前のヒミツを知っている者より〟

＊

「おーい、かすみ。こっちだこっち」

食堂の前で先輩は大きく手を振っている。

「先輩、私たちってまだ食堂出禁にされてますよね？」

「だから購買でパン買ってきたから今日は外で食うぞ」

そう言って紙袋をいくつも持っている先輩は、人混みをかき分けて歩き出した。先輩が通る道はどんなに混んでいても少し道ができる。その道を通り抜ける瞬間、みんなピンクの眼差しを先輩に向けながら、頬を同じくピンク色に染めてゆく。

まるで季節が逆転したみたいに、春がそこら中に広がっている。先輩が通る道は桜の花が満開に咲き誇っているような、そんな幻覚さえ見えてきそうになる。

「先輩、どこに行くんですか?」

先輩に開けられた道は先輩だけのもので、そのあとに続こうとする私が通る頃、道はどんどん閉じられていく。道が完全に封鎖される前になんとか通ろうと、必死になって先輩の背中を追った。

私が人混みの中でアップアップしている様子がおかしかったのかもしれない。いや、きっとそうだ。先輩は振り返って、人混みの中に紛れて飲まれそうになっている私を見つけて、ふっと笑った。

「何モタモタしてんだ、早く来いよ。俺腹減ってんだからな」

いや、モタモタしたくてしているんじゃないですから。そう思ってちょっとムッとした表情を先輩に向けた瞬間、人混みの中で誰かに手首を掴まれた。

私は一瞬、ヒヤリとした。

「おっせーな。早く来い」

私の手首をいとも簡単に掴む大きな手。それが先輩のものだとわかった瞬間、私は心の中で安堵のため息をもらした。今朝のことがあってから、やたらと警戒心が強くなっているみたいだ。

先輩に手を引かれ、ずっと張っていた気が少しずつ緩んでいくのを感じる。先輩が私の手首を掴んだことで、まわりから冷たい視線が叩きつけるみたいに浴びせられているけど、それを差し引いたとしてもホッとしている自分がいる。

「先輩、どこまで行くんですか？」

人混みを抜けたあとも先輩は私の手を引いてずんずん進む。よほどお腹が空いているんだと思われる。

「あんま人がいないほうがいいだろ」

えっ、でもそれって……。

「そしたら私の役割、意味ないですよね？」

先輩という花のまわりに寄ってくる虫よけ役が、私。虫のいないところに行くのなら私はただの役立たずだ。

「食堂使えないんなら、わざわざ外出てまで人が多いとこ行く必要もないだろ」

まぁ、たしかに。ふむ、と納得しつつ三年生の校舎を抜けた先にやってきた私は、思わず声にならない声を発した。

「！」

目の前に広がる鮮やかな色。三日前、ぐちゃぐちゃにされたはずの花壇には、きれいに色づいた花たちが咲き誇っていた。

「これ、どうしたんですか……？」

本当は今朝早めに学校に来て花壇の手入れをしようと思っていた。だけど、手紙の一件もあって遅刻ギリギリに登校してしまったから、手入れは今日の放課後にしようと思っていた。それなのに──。

「さぁな、どっかのヒーローがやってくれたんじゃね？」

なんですかそれ、と思いつつ。

だったら、やっぱりそれは、先輩じゃないですか。

「あの、ありがとうございます」

「なんでこっち向いて礼を言うんだよ」

そんなふうに言いながら、先輩は私に背を向けた。そんな先輩を横目に、私はゆっくりと花壇に近づいていく。

たくさんのバラと、ガーベラ、コスモス。バラは大きな花を咲かせるブッシュローズと小さな花のミニバラ。ガーベラは私がもともと植えていた三色に加えて赤色もある。コスモスも薄い紫と濃い紫、そしてチョコレートコスモスとも呼ばれる茶色のコスモスが生き生きとした状態で植えられていた。

いったい、いつ植えたんだろう。今朝？　それにしては量が多い。運んで来るのは大変だったと思う。なら先週末？　先輩は学校へ来てわざわざこんなことをしてくれたのだろうか？

「こんなにたくさんのバラ、高かったんじゃないですか？」

「知らねーよ。俺が来た時にはこうなってたからな」

なんて言う先輩の手をマジマジと見つめた。それから腕を掴んでシャツの袖もまくり上げた。

「何してんだよ」

――先輩は嘘つきですね。

そんな言葉をこぼしそうになったけど、それは寸前のところでぐっと堪《こら》えた。言うのを阻んだのは今朝の手紙。

〝嘘つきは先輩の前から消えろ〟

嘘つきは、どっちだ。

私は先輩のまくった袖をおろして、そのまま手を離した。

「先輩……なかなか生傷が絶えない手をしているんですね」

バラを植えた時にできたんでしょ？　ちゃんと軍手してやりました？　そう遠回しに訴えかけたけど、先輩ってばまだシラを切り通そうとする。

「……今朝は家の手伝いさせられたからな。それより昼メシ食わねーのかよ」

ぶっきらぼうな物言いでそう言って、花壇のヘリにどかっと腰をおろし、紙袋の中から焼きそばパンを取り出した。

「かすみがいらないんだったら、俺ひとりで全部食うからな」

「それは食いしん坊にもほどがあります！」

「ははっ、お前に言われたくねーよ」

紙袋を挟んで隣に座った私の頭をわしゃわしゃと撫で回す先輩。これじゃまるで、餌づけされている犬みたいじゃん。

紙袋の中を覗いてみると、焼きそばパンがもうひとつとコロッケパンがふたつ。別の袋の中にはクリームパンとチョココルネがひとつずつ。あとはポテトフライが入った袋がひとつ。

私は先輩と同じく焼きそばパンを取り出した。

「いただきます」

ひと口パクリと頬張った。まだ少し温かい焼きそばのソース味が口の中に広がり、朝食を食べ損ねていた空腹のお腹の中へと吸い込まれるように落ちていく。

「なぁ、お前。その傷、どした？」

そう言ったあとに最後のひと口だった焼きそばパンを口の中に放り込んだ先輩は、片頬をハムスターみたいに大きく膨らませながらじっと私の人差し指を見ている。

「あー……」

思わず手を背に引っ込めてしまった。そんな行動をおかしいと悟らせないために、私は苦笑いをこぼしつつ、言った。

「珍しくキッチンに立ってみた結果ってやつですかね」

「ぶっ、包丁で切ったのかよ」

疑う様子もなく、先輩は笑いながら紙袋からコロッケパンを取り出した。すんなり受け入れられてよかったと安堵する気持ちと、すんなり受け入れられてしまったという憤慨する両極端な気持ちが私の中で葛藤している。

「なら俺、かすみが作る弁当楽しみにしてるわ」

吹き抜けるそよ風に乗ってやってくるバラの甘い香り。私は思わずその香りに酔いそうになった。胸が焦げそうな、香り。勘違いしそうになる先輩の優しい笑顔とともに、それは私の心をくすぐる。

「作りません。ってか作れません」

匂いをかき消すみたいに焼きそばパンを頬張ると、ソースの香りが口の中に広がった。そんな私の様子を見て、先輩はまた、声を上げて笑っている。

「なかなか素直だな」

「いつものことです」

「すぐ裏読みするくせに」

「先輩こそチャラ男のくせに」

先輩は私の頭をくしゃくしゃ撫でる。その力はいつもより強くて、ちょうど頬張っていた焼きそばパンに鼻までめり込みそうになった。

「ゲホッ、なに、するん、ですかっ……！」

「それはただの悪口だろ」

「悪口なんかじゃないです。ただの真実ですよ」

そう言いきったかどうかのタイミングで、先輩は再び私を押しつぶすみたいに頭をくしゃくしゃ撫でた。

「うっせーっての」

怒った口調で笑う先輩が眩しくて、私は思わず顔を伏せた。頭を撫でられているし、ちょうどいい。

本当なら払いのけたいところだけど、今はこのままでいようと思う。

顔が火照《ほて》ってきている、のに、心の中はどんどん冷えていく。光が当たれば闇が生まれる。先輩の眩しい光は、私の心に影を落とす。

――嘘つき。

まだあの手紙のことが頭から離れない。あの手紙を書いたのは誰なのか。手紙には宛先は書かれていなかったし、切手も貼られていなかった。どこかで誰かが、私のヒミツを知っている。

「また、なんかあったのか？」

その声にハッとして、下がっていた頭を持ち上げた。見上げた先には先輩の無表情な顔があった。無表情なはずなのに、そのほんのり茶色の瞳から強い何かを感じる。その強さがいったい何なのかは私にはわからないけれど……。

「何かって、何がですか？」

「五つ目の条件言ってみ」

はて？　なんて私が小さく首をかしげたら、先輩はちょっとだけ目尻を険しく吊《つ》り上げてさらに言葉を繋いだ。

「俺たちがこの関係を始める時に決めた、取り決めのことだろ」

ああ、なんだ。そう思って私は先輩の言わんとすることを口にした。

「嫌がらせを受けたら報告するってやつですかね」

先輩は頭を振る代わりに一度、ゆっくりと瞬きをした。

「また、なんかあったんだろ？　お前、すぐ隠そうとするからな」

なんで決めてかかるんですかね。

「先輩との取り決めは、先輩が絡んでいたら……って話ですよね。絡んでないなら報告する必要はないですから」

「それ、本当に俺とは関係ないことなのか?」

「ないです」

キッパリと言いきった。だけど、手紙のことは先輩絡みなのは間違いない。だけど、たとえ先輩が絡んでいたとしても、このことだけは言えない。

私はどんどん嘘を重ねていく。

「……じゃあ」

先輩は私の頭から手を離して、その右手は袋の中からコロッケパンを取り出した。

私の手の中にはまだ焼きそばパンが半分も残っているというのに、なかなか手をつけれずにいる。先輩が何を言おうとしているのかが気になって、私は先輩の凛と澄ました横顔を見つめていた。

「なら、友達として話を聞くっていうのも、ダメか?」

ムシャリ、とその口はコロッケパンを頬張った。

友達として?

私と先輩の関係はいったいなんなのだろう。恋人でもなく、友達——でもない。ただお昼をともにする不自然な距離感の関係性。

「報告するようなことも、話すようなことも本当にないですですから」

そう言って、私はパクリと焼きそばパンを頬張った。友達、という言葉に関しては触れないようにして、ただ無心になりたくて頬張った。

「ほんとかすみは、秘密主義者だよな……」

それは私の思い違いだろうか。先輩がそう言った言葉は、どこか寂しさに似た言葉に聞こえて、私は思わず顔を上げた。顔を上げた先にいる先輩は、いつもと変わらず淡々とした表情でコロッケパンをムシャリと頬張った。

――自意識過剰。

そんな言葉が脳裏をよぎったとともに、先輩が貪るようにパンを頬張る姿を見て、私の止まっていた口は再び活動を始めた。物事をいいように解釈しようとする自分の考え方をどこかに押しやるように、私は無言でパンを食べた。

「……颯ちゃんは小姑《こじゅうと》みたいだ」

「おい、誰が小姑だ」

あれ？　なんて思った時にはもう遅かったらしい。声に出したつもりはなかったけど、どうやら言葉は口を突いて出てしまったあとのようだった。先輩は私の頭を優しく突いたあと、ははっと笑いながら再びパンを食べている。

――颯ちゃん。

思わずこぼしたその呼び名。ずっとそう呼んでみたかった。

『颯ちゃんがね……』

お姉ちゃんがそう呼ぶ先輩の名前に、ずっと憧れていた。だって本当は私だって
ずっと、ずーっと前から、先輩のことが好きだったのだから。お姉ちゃんが先輩と出
会う前から、あの優しい笑顔を見てから、ずっと憧れと好意を抱いていた。
颯ちゃん――その呼び名は先輩らしくていいなぁ、ってずっと思っていた。今の、
この高校で出会った先輩じゃなくて、以前の先輩にとても〝らしい〟あだ名だと思う。
だから、もう一度だけ……。
「……颯ちゃん、明日は唐揚げが食べたいです」
「リクエストは受けつけてねーよ」
「たまにはいいじゃないですか。これは私への報酬でもあるんですから」
「俺が食べたいものを食べる」
「だから先輩は好きなもの食べればいいと思いますけど、私は――」
「ご飯は同じもの食べるほうがうまいだろ?」
「出た、先輩の独裁政権」
颯ちゃんは、颯ちゃんじゃなくて、やっぱり王様って呼び名のほうが相応《ふさわ》しいのか
もしれない。
私がふてくされてパンを頬張ろうとしたら、そんな様子を満足そうに、優しい視線
が私の横顔に突き刺さる。

……颯ちゃんは、ずるい。今、横を向く勇気は私にはない。そう思って、どうにか顔が赤らまないように、懸命にパンに意識を集中させた。

＊

「かすみ！　これ見てみ！」

教室に戻ってきた私を見つけたりょうちんが、慌てた様子で手を大げさにブンブン振って手招きしてくる。りょうちんと複数人のクラスメイトが私の机を囲んでいる様子に、なんだか嫌な予感がした。ざわつく教室内とざわつく私の心。

「何？」

思わず息をのんでしまった。

「これ、食堂の近くのゴミ箱に捨てられてたみたい……」

ズタズタに切り裂かれた私の教科書やノート。それはこの間、カバンの中にしまっておいたはずのものだった。

そう、あの泥がカバンの中で見つかる前までにあったはずのものたちだった。

「ちょっと、さすがに笑えないじゃん」

そう言って、りょうちんはそっと私の肩に手を置いた。それはなぐさめるようなそんな優しい感触だった。教室内がざわついている中、黒板の上に設置されているスピーカーから先生の声が聞こえてきた。ピンポンパンポン、なんていうよく聞く音のあとに響いたのはこのクラスの担任の先生の声。

『斉藤かすみ、斉藤かすみ、今すぐに職員室まで来なさい』

呼び出しなんて初めてなのに、驚かないこの状況。何せ他に驚くことがたくさんありすぎて……。

「よし、行ってくるか」

ふぅっ、と大きく息を吸ったあと、体の中に溜まってそうな毒素を吐き出すかのように、吸った時以上に大きく息を吐き出した。

「でもかすみ、大丈夫？」

いつも私をネタにして笑っているりょうちんが、今日はやけに気を遣ってくれている。だから私は笑顔で返事をして、机の上にあるズタボロの教科書をかかえて、教室の入り口にあるゴミ箱にそれらを捨てた。

「これで私には勉強しなくていい理由ができたってことだよね！」

前向きに、ポジティブに。無理やりにでもそう思わないと、やってらんない。

ここ最近、面倒事ばかり起きている気がする。そう考えると、私も少しは耐性がついてきたのかもしれないな、なんて思いながら、まだ心配そうな表情を向けるりょうちんに手を振って「職員室行ってくる」そう一言添えて教室をあとにした。

＊

「失礼します」

小さく会釈をしたあと、私は職員室に足を踏み入れた。授業が始まる前のゆっくりとした休息時間であり、次の授業にとりかかるための準備時間でもある休憩時間。先生によって態度は違えど、みんな机に座って何かをしている。

そんな中、私は担任がいる席を見やった。職員室の窓際、角の席。そこに私のクラスの担任、花岡《はなおか》先生が何やら険しそうに眉頭にシワを寄せて座っていた。先生は私がやってきたことに気がつくと、少し下がっていた顔をすっと上げ、眉間に寄せていたシワをほんのり解いた。

「おお、斉藤か」

「先生、何かご用ですか？」

三十代か四十代くらいの担任の先生は、近くに置いてあった丸イスを引き寄せ、そこに私が座るよう促した。

「斉藤にちょっと聞きたいことがあってな」

体育担当の先生が、改まった様子には違和感しかない。私は先生に促されたイスに座り、両手を膝の上に置いて向き合った。

「なんですか？」

「……最近、何か心配事や困ったことはないか？」

先生は言いにくそうに私から目を逸らしながら、囁くようにそう言った。他の先生方や私と同じように担任の先生に用事があって来ている他の生徒に聞こえないように、気をつかったような小さな声だった。

「えっと……とくにないです」

先生が何を聞き出そうとしているのか、何を言いたいのかはもうはっきりとわかっている。けど、私はその答えを言わない。そしたら先生は目を逸らさずにもう一度聞いてきた。

「本当にないのか？」

「ないです」

キッパリ言いきる私に、先生は肩を落としながら小さく息をこぼした。

「なぁ、斉藤。何も先生はお前を吊るし上げようとしてるわけじゃないんだぞ」

「それはわかってますよ」

「今日、食堂近くにお前の教科書捨てられてたって先生は聞いたんだが、それはデマなのか？」

なんだ、やっぱりか。ってか、もうそのことを知っているんだ。私ですらついさっき知ったというのに。あれを見つけた人たちが、それだけ騒いでいたに違いない。何せ場所は食堂近くで人も多く出入りするようなところだし。さらに私には先輩とのことでこんなことが起きてもおかしくない状況でもあるのだ。だから先生の耳にも簡単に、今回の情報が入ったんだと思う。

嘘をついたところで意味がないし、いい言いわけも見つからない。だからここは素直に答えることにした。

「デマでは、ないですけど……」

「しかも先週は花壇荒らしもあっただろ？　今回のこと考えたらあれも斉藤絡みではないのか？」

私は口を開いて、そのまま何も言わず、再び口を閉じた。言い返す言葉が見つからなかった。

「斉藤、悩みがあるなら先生聞くぞ？　俺に言いにくいような話なら他の先生でもいいが……」

ポリポリと頭を掻いて、先生は意味もなく机の上に出しっぱなしのペンをきれいに机の隅に並べ始めた。きっとこれはただの手持ち無沙汰なのだと思う。何せ先生は体育教師で、典型的と言ってもいいほどの体育会系。ようは細かい性格の先生ではないことはみんながよく知っている。

「教科書のことはまぁ、困りますけど、でもそれだけですから大丈夫です」

「それだけって……教科書なかったらまた買わなきゃならんし、それまでは授業にも差し支えが出るだろう。そもそもあれは親御さんが買ってくれた教科書だろう？」

「そうですけど……」

だからといってどうしたらいいのかもわからない。だって犯人すらわからないし、犯人の心当たりは多すぎるし。

「今日終礼で他のクラス含めて呼びかけてもらうよう、他の先生にも言っておくし、先生たちもなるべく気をつけてまわりを見るようにしておくが、斉藤も何かあれば先生たちに言うんだぞ」

「えっ、それはやめてください！　呼びかけなんてそんな……！」

「安心しろ、斉藤。もちろん斉藤の名前は出さないようにするから」

そうじゃない。そうじゃないです、先生。そんなことしたら、先輩に知られてしまう。他の人なんてどうでもいいけど、先輩に……颯ちゃんに、知られたくないんです。

「斉藤の交友関係をとやかく言ったりしないが、こうなった原因は斉藤自身にあるというより、青井にも問題があるように思うんだが」

先生が突然言い放った颯ちゃんの名前に、私は血の気が引いた。

えっ、ちょっと待って。颯ちゃんを引き合いに出さないで。

「先輩は関係ないです！」

私は慌てて否定するけど、先生は私のこの意見には賛成してくれない。

「関係なくはないだろう。いや、青井が悪いというわけでもないことは先生だってわかってるぞ。だが、そこからの交友関係で――」

「これは先輩ではなく、私の問題ですから」

私はすっぱりと言いきった。するときれいに並べたペンを一本手に取った先生は、そのペン先で頭をポリポリ掻きながら私の後ろに視線を投げた。

「斉藤はこう言ってるが、お前はどう思うんだ、青井」

その名前を聞いて、私は勢いよく振り返った。すると、私のすぐそばに立っていた颯ちゃん。ガヤついた職員室、生徒も先生も入り乱れる休憩時間に、私は颯ちゃんがこんなにそばにいるなんて気づきもしなかった。

「あっ……」

私が何かを言おうとしたけど、それを塞ぐように颯ちゃんが先に口を開いた。

「今さっき、俺も担任の先生から聞いたばっかですけどそれ、間違いなく俺のせいでしょうね」

颯ちゃんは私のほうをいっさい見ずに、はっきりとした口調でそう言いきった。

「みろ、青井もこう言ってるじゃないか」

先生はさっき頭を掻いていたペンを、そのまま耳の後ろに差した。

「今回みたいな行為が、これ以上エスカレートしていってからでは遅いんだ。先生は今のうちから対策していかないといけないと思う。だから、青井」

「はい」

「お前が悪いわけじゃないだろうが、お前が関わってることだと断言できるのであれば、もうちょっとまわりに気をつけるようにな」

「せん――」

先生、と言葉を挟もうとした私を、颯ちゃんは手で制した。

「はい、そうします」

そう言って軽く会釈してから、颯ちゃんは私に目配せして職員室から出ていった。

――ちょっと来い。

そう言いたげな視線を無視できるわけもなく、私はいそいそと颯ちゃんのあとについて職員室をあとにした。

＊

「なんで言わなかった？」

颯ちゃんの声の圧が、怖い。

「わっ、私だって、ついさっき知ったんです。そしたら先生に呼び出されて、言うタイミングなんてなかったので……」

　隠していたわけじゃない。いや、隠したかったけど、言えなかったというほうが事実だし。だから……そんなに怖い顔で責めないでください。

「教科書、どれをやられたんだ？」

「えっ？」

「ノートは新しいのしか用意できないけどな。新しい教科書とノート、俺が買ってくるから」

「いっ、いやいやいやいや、いいです。自分で用意しますから」

　颯ちゃんの目を避けて顔を伏せていた私は、驚きのあまり、顔を上げた。

「遠慮するとこじゃねーだろ」

「いや、しますよ！　いいです、自分で買いますから！」

　三教科分の教科書代なんてバカにならないんだから、さすがに遠慮するでしょ。

　颯ちゃん絡みでこうなったのかもしれないけど、こういうこともある意味で想定内なわけで。私はそういう覚悟というか、心構えはした上で、颯ちゃんと一緒にいることを選択したんだ。

　もちろん事が起きれば凹《へこ》むけど。でもこれはわかっていたことでもあるんだから。

「俺の責任だ。俺のせいでこうなったんだ。だから……」

「先輩のせいじゃないですってば！」

責任なんて言ってほしくない。なんだかそれは嫌だ。こんなふうに責任を取ってほしいわけでも、責任なんて言われるような大事《おおごと》になるとも思っていなかった。

それに颯ちゃん絡みであることは確かだけど、それだけとは言いきれない。

今朝の手紙、あの送り主は不明だけど、あれは私の身から出たサビでもあるように思うから。

颯ちゃんは髪を梳《と》かすみたいにして頭を掻いたあと、ふぅっと小さく息を吐いてから意を決したような面持ちで口を開いた。

「かすみ、俺ずっと思ってたけど……」

「――あっ！」

私はポケットからスマホを取り出した。

「ちょっと家から電話が！　これって、緊急かもしれないので、私はこれで！」

「おいっ、かすみ」

「じゃっ！」

颯ちゃんがまだ言い足りないんだってことはわかっている。わかっているからこそ、振り返らずにその場を立ち去った。

家から電話なんて、嘘だ。電話なんてかかってきていない。だけど、そんな嘘をついてでも颯ちゃんの話を遮りたかった。あのまま話を聞く勇気はなかった。きっと颯ちゃんはこう言いたかったんだと思うから。

〝……この関係をやめよう〟

友達という偽りも。私に片想いしているという設定も。

この関係を解消することは、あんなに望んでいたことなのに。あんなに終わらせたいと思っていたのに。颯ちゃんのそばにいて大変だった数日間。たった数日だったけど、とても楽しかった。

「ダメだなぁ……」

颯ちゃんと笑い合えた日々。あの時、私が颯ちゃんに初めて出会った時のような笑顔で、私の頭を撫でてきたり、私の名前を、かすみ――と呼んでくれたり。

「ほらね、欲が出てしまった」

私はずっと、こうなることが怖かったんだ。

＊

〝――今日の放課後、話がある〟

軽いはずのスマホが、そんな短いメッセージを受信したあと、ズシンと重さを増した気がした。そのメッセージの送信元は、言うまでもなく颯ちゃんだ。

どうやって乗りきろう。放課後は予定あるから無理です。そう断ろうとした矢先、颯ちゃんから再びメッセージが届いた。

〝俺もバイトあるしそんなに時間取らねーから。だから逃げんなよ〟

……お、脅しだ。これは脅しだ。

「かすみ。大丈夫？」

颯ちゃんには〝わかりました〟とだけ返事をして、スマホから視線を剥がした。視線を持ち上げると、私のそばにはりょうちんがいた。

「うん？」

「うん？　じゃないでしょ。教科書もボロボロにされて、お昼休み先生にも呼び出されてさ。結局授業ギリギリに教室戻ってきたから話を聞けなかったけど、どーだったの？」

「あー、うんその教科書のことで呼び出されてたんだけどね。そういえば、そっ、先輩も来てたんだ」

危うく先輩のことを颯ちゃんって言いそうになった。

危ない危ない。りょうちんに聞かれるというより、こんな教室で颯ちゃんなんて呼び方した日には、みんなになんて言われるかわかったもんじゃない。ひやりとした汗をかいている私とは裏腹に、りょうちんは淡々と話を続ける。

「先輩も呼び出されてたってこと？」

「たぶん」

りょうちんはいつになく険しい表情を崩さない。

「もうさ、先輩に言いなよ。いい加減、先輩との関係をやめてもいいんじゃん？」

「うん、いや、それは今まで散々言ってるから」

なんて、今となってはそうなりたくなくて逃げているんだけど……。

「いや、本気で言ってんの。本気で辞めるように言いなよ。……そりゃ初めはさ、嫌がらせなんて可愛いもんだったじゃん？　でも最近のは嫌がらせなんかじゃなく、これってもうイジメじゃん」

「……」

私の体は一瞬、硬直した。りょうちんの言っていることは正しい。だからこそ、私の体は素直に反応を示した。

「今までの標的はさ、花だったり教科書だったけど、それがいつ、かすみ自身に向くかわかんないじゃん。大きなケガしてからじゃ遅いでしょ」

私は思わず右手で拳を作り、ケガをした人差し指をそっと手の中に隠した。

「大丈夫だって。意外と心配性だなー、りょうちんってば。普段はあんなに面白がって見てるくせに」

りょうちんの真似をして私は歯を見せてニシシと笑った。
私が笑っても、りょうちんはまったく笑おうとしない。口は真一文字に結ばれたま
ま、鋭い瞳は私の瞳の奥の奥まで見ようとしているみたいに、静かだった。
「大丈夫だってば……」
私も笑うのをやめて、力なくそう言った。普段あっけらかんとして、人の不幸や苦
労を笑っているりょうちんが、こんなに真剣な顔でそんなことを言うもんだから、そ
んなりょうちんの様子は私の心にずっしりとした重みを残した。
「そりゃ心配だってするでしょ。だってこんなのさ、全然面白くないじゃん。あたし
全然笑えないんだけど」
うん、私もさすがに笑えないなって思ってる。思っているのになぁ……?
思わずりょうちんから目を逸らした。
「かすみ、あたしずっと思ってたけどさ、やっぱりかすみは青井先輩のこと――」
「りょうちんごめん、私授業の前にトイレ行きたいんだ!」
私は教室の時計を指さしながら、そう言った。時計の針は残り五分で六時間目の授
業が始まることを示している。それをちらりと横目で見たりょうちんは、どこか諦め
たみたいにフーっと長いため息ひとつついて、こう言った。
「……行ってらっしゃい」

りょうちんはそれ以上何も言わず、私もりょうちんを横目に教室を飛び出した。

＊

「あっ……」

思わず声が漏れ出てしまった。トイレに入ったところで、鏡の前に立ち前髪を入念に整えている人物。その人物がここにいるのが意外すぎて、思わず出た声だった。

「ああー、あんたか」

鏡ごしにちらりと横目でこっちを見やる、颯ちゃんの元カノで、私に水を引っかけた先輩。あの時のことを思い出して、思わず身を固くし、体が勝手に警戒し始める。

でも、なんでこんな一年の校舎に？　わざわざ一年の女子トイレを使用しに来たのだろうか？

「部活の後輩に用があって会いにきただけだから」

えっ、なんで？　私の思ったことがわかったんだろう。なんて思ってトイレの個室に入ろうと手を伸ばした瞬間だった。思わず先輩の背中にマジマジとした視線を送ってしまった。そしたら先輩は、鏡ごしに私と目を合わせた。

「ははっ、なんでわかったのって言いたげな顔してんね。言っとくけど、全部表情に出てたからね」

前髪は上手くまとまったのか、よしっというかけ声とともに、先輩は鏡から顔を背けて、私と向き合った。

「しっかしあんた、嫌がらせ受けてんだって？　ははっ、ざまーないね」

吐き捨てるみたいにそう言う先輩。私は再び身構えた。けど……。

「ここで会ったついでに言っとくけど、あたしじゃないからね。青井に聞かれたけどさ、あたしそんな姑息《こそく》な手は使わないし。やるなら真っ向からやる性分なんでね」

「颯ちゃ……青井先輩に何か言われたんですか？」

私は先輩が言う颯ちゃんとのやり取りが気になって思わず気を緩めてしまった。言い直したけど、それはもう先輩の耳に入ったあとだった。

「颯ちゃん……？　あんた、青井のことそう呼んでんの？」

さっきまで嫌味たらしい笑みを向けていたにもかかわらず、先輩の顔から表情がなくなった。

「あっ、えっと、その……」

しっ、しまった。よりによって、この先輩の前で言ってしまうとは……。

呼んだと言っても本人の前で言ったのはあの時だけ。たったの二回だけ。心の中で呟いたつもりの言葉が漏れ出てしまった一度目と、そのあとにもう一度反応を確かめたくて冗談交じりに呼んだ二度目。それ以上はなんとなく呼ばなかった。もし他の人に聞かれたら、まわりの人たちもきっと、今目の前にいる先輩みたくいい反応をするとは思えなかったから。

「なんであんたみたいな子を青井はそばに置きたがるんだろうね」

それは私に放った言葉というよりも、自分自身に問いかけるみたいな言い方だった。先輩、それは、たんなる風よけだからですよ。そう言ってしまいそうになった私のおしゃべりな口を慌てて閉じた。

なんだか今日は精神的に疲れている。そのせいで心がちょっとギスギスしている気がする。そんな最中、先輩は思わぬ言葉を口にした。

「あたしは、あんたがもっと困ればいいって思ってる」

「えっ……」

今度は間違いなく私に言った言葉だ。先輩は私の目を真っ直ぐに見つめてそう言った。キラリと光ったその瞳の奥には、燃え盛るような怒りの炎が見えた気がした。

「そう思うけど、そしたら青井がまたあんたを庇《かば》おうとするんだろうね。それはそれでムカつくから、早くしょーもないことするヤツが見つかって青井にキレられたらいいと思うわ」

……えーっと、それって一応、犯人捕まってほしいってことでいいのかな？　応援とまではいかないけど、なんだろこの感じ。

先輩は私に背を向けて出口へと歩き出した。それを見て、私もトイレに入ろうとしたけど、選んだ個室は使用中。

しまった、誰かいたんだ……。こんな会話の中、絶対出にくいに決まっている。そう思ってトイレの中にいる人物にそっと謝りつつ、隣の個室が空いていることを確認して、扉を開けた。その時だった。

「ねぇ、あたしが青井と別れたキッカケ、教えてあげようか」

個室に入ろうとした足をピタリと止め、私は先輩がまだいる入り口のほうへと視線を向けた。

「本人から聞き出したわけじゃないけど、たぶんアレのせいかなーって理由がいっこあるんだよね。あたしが青井のことを冗談交じりに颯ちゃんって言った時、アイツぶちギレたんだよね。そしたら次の日には食堂で青井の隣に別の女が座ってた」

――えっ？　それって……。

あの時の光景が脳裏に浮かんだ。私は先輩が言うその瞬間、あの食堂で事の一部始終を見ていたから。

「あたしあんたのこと好きじゃないけど、あんたの置かれてる状況も好きじゃないんだよね。だからあれ、マジであたしじゃないから。あんたが嫌がらせ受けてるっていうのは別のヤツからだから」

そう言い放って、先輩は立ち去った。私はしばらく立ち止まり、そのままトイレには入らずに出ていった。トイレに行きたかった気持ちすら引っ込んでしまうほど、いろいろと驚きが多すぎて。

＊

──放課後。

私は先輩との約束を守るために、あの花壇のある裏庭へと向かった。きっと今の私は、あの花たちを見ても心癒されることはないかもしれない。

〝颯ちゃんって言った時、アイツぶちギレたんだよね〟

颯ちゃんがキレた理由はなんとなくわかる。私だって颯ちゃんって呼ぶのは勇気がいったんだ。その理由は、お姉ちゃんの存在だった。

〝──颯ちゃんがね……〟

そう言って笑うお姉ちゃんの笑顔が、私の心に罪悪感を与える。

きっと颯ちゃんは、〝颯ちゃん〟と呼ばれると、お姉ちゃんのことを思い出してしまうんじゃないかって、そう思った。だからつい呼んでしまった時、あれは事故だけど、それでも颯ちゃんに怒られる覚悟をしていた。なのに、颯ちゃんはなんてことない様子で、下級生の私が馴《な》れ馴れしくもそう呼ぶのをすんなりと受け入れてくれた。

それがとてもうれしかった。

――颯ちゃん。

あの呼び名に憧れていたけど、そう呼んでいいのは、ヒロインだけなんだと思っていた。そう、日替わりなんかのまがい物ではなく、正真正銘のヒロインだけ――。

きっと元カノの先輩が呼んだ時、まだ颯ちゃんはお姉ちゃんに未練があった。ううん、それは今だってあるはずだ。だけど、その未練が少しだけ緩和されたのかもしれない……私と関わるようになってから。

私のおかげだなんて、そんなおこがましいことを思っているんじゃなく、単に気が紛れるそんな存在にはなれたのかもしれないな、なんて、そう思って。

そんなふうに思わないと、先輩が言っていたことと辻褄が合わないから。そして、誤って勘違いしてしまいそうになるから。

不毛な勘違い。それだけはしてはいけない。じゃないと、最後に傷つくのは目に見えている。

しばらくの間、ボーッと花を見つめながら花壇のへりに座っていると、颯ちゃんがゆっくりとした足取りでやってきた。

「あっ、先ぱ……」

颯ちゃんの表情を見て思わず言葉が引っ込んでしまった。

「ど、どうしたんですか……？」

表情はとても暗く、それでいて怒っている。それは遠目からでもわかるほどの出で立ちだった。

何があったんだろう。また、私絡みなのだろうか。敵意はいつも私に向けられていたから、だから颯ちゃんに何か危害が及ぶなんてことは考えてなかったけど、行為は確実にエスカレートしてきていることは間違いない。なら、颯ちゃんに何か起きてもおかしくないというのに、なんでそんなことまで私は気が回らなかったんだろう。

一瞬の間にたくさんの不安や恐怖なことを想像して、手のひらには冷や汗が噴き出してきた。

「先輩、何かあったんですか？」

颯ちゃんがこちらに向かってくるのを待っていられず、私のほうから駆け寄った。

すると――。

「お前に聞きたいことがある」

颯ちゃんはそう言った。私がすぐそばに来たことを確認してから、ずっとその手に持っていたものを私の目の前に突き出しながら。

「お前が風花の妹だっていうのは、本当か」

私は一瞬、呼吸の仕方を忘れてしまった。

頭が真っ白になって、何も考えられなくて……だけど、颯ちゃんの視線は私の顔に突き刺さるほど鋭くて。正直逃げ出したい気分だけど、体は硬直して動かない。

「なんとか言えよ」

颯ちゃんは私の前に突き出したものを小さく振りながら、さらに食い下がる。

「この写真に写ってんの、お前だろ」

それは今朝、私の家に届けられた写真と同じものだった。そこに写るお姉ちゃんと私はとても楽しそうに笑っている。今の私とは裏腹だった。

「なんで、それ……」

なんで颯ちゃんがその写真を持っているのだろう。今朝の写真は部屋に置いてきたから、あれは私のじゃない。

〝お前のヒミツを知っている者より〟

あの手紙に書かれていた言葉を思い出し、私は慌てて口を開いた。

「それは……」

「答えろよ、俺はお前が風花の妹かって聞いてんだよ！」

颯ちゃんの声に怒声が混じる。そんな颯ちゃんの声にビクッと反応した私の体。この時初めて私は体が震えていたことに気がついた。

「さっきこの写真とともに手紙がこの花壇に置いてあった」

颯ちゃんがポケットから取り出した手紙には、私の家に届けられたものと同じく、新聞紙の文字を乱雑に切り取ったものがそこには貼りつけられている。

〝斉藤かすみは斉藤風花の妹〟

〝斉藤かすみにだまされないで〟

誰がこの手紙をここに置いたのか。誰が私の秘密を颯ちゃんに知らせたのか。

なんて、そんなことはもうどうでもいい。

「……そう、です」

カサリ、と先輩が握りしめている手紙が揺れた。もう、隠し通せない。あそこにある、颯ちゃんが握る手紙にすべての真実がある。私の嘘は、真実に敵《かな》うわけがないし、これ以上、嘘を重ねたくない。だから私は、ゆっくりと震える唇をなだめるように動かして言った。

「私の姉は、斉藤風花……私は、先輩の元カノの妹です」

「ざけんなよ！」

手紙も写真も、颯ちゃんの手によってくしゃりと握りつぶされた。まるで私と颯ちゃんの関係のように。

「じゃあ、お前は全部知ってたのかよ」

「……」

「全部知ってたんだろ。その上で俺に近づいたのかよ」

握りしめられていた写真も、手紙も、そのまま地面に叩きつけられた。あの写真の中では、私とお姉ちゃんが幸せそうに笑っていたはずなのに、今はその姿すら確認することができない。

「……はっ、違ったか。近づいたのは俺のほうだったな」

颯ちゃんは自嘲気味に笑って、乱れた前髪を手櫛《てぐし》で掻き上げた。

「なんだよ、どういう気持ちで俺を見てたんだ?」

……どういう、気持ちで?

「全部聞いたんだろ? 楽しかったか? お前の姉にフラれたあとの俺の様子見てて。こんな彼女取っ替え引っ替えしてるヤツが風花と付き合ってたって知ってどう思った? 嘲笑《あざわら》ってたのか? それとも仕返しでもしてやるつもりだったのか?」

「そんなつもりじゃ」

「じゃあどんなつもりだったのか教えてもらいたいもんだな!」

颯ちゃんの眼光は鋭く、ナイフのように私の心をえぐる。私が何か言おうと思っても、その気持ちすら捻《ひね》りつぶすかのように、心を折られてしまう。

「なんだ、何も言えねえのかよ」

心の底からの嫌悪感。そんなものが、颯ちゃんの瞳から放たれる。

「颯ちゃ……」

思わず颯ちゃんの腕を掴もうとしたけど、それはいともあっさりと払いのけられてしまった。

「二度と、馴れ馴れしくその名前で呼ぶな」

そんな言葉だけ吐き捨てると、颯ちゃんは身を翻した。立ち尽くす私を、その場に残して――。

〈花言葉〉大切な思い出、勇気
Edelweiss
エーデルワイス

翌日、私は学校を休んだ。ずる休みなんてしたことなかったけど、学校に行く気にはなれなかった。

今まで、いろいろなものをギリギリのところで押しとどめていたけど、すべてがバカらしくて、すべてどうでもいいことのように思えていた。

学校であれこれ言われることも、花壇荒らされてカバンに泥を入れられたり、教科書を捨てられたり、カミソリ入りの手紙が届いたり……。今まではなんとか向き合うことも立ち向かうこともできたのに、今はそんな気力なんてない。心って目に見えない形もないものなのに、今一番重いと感じるのは体のどの臓器よりも心だった。

いつかはこんな日が来るんじゃないかって思っていた。

わかっていたのに、颯ちゃんから離れることができなくなっていた。あんなにセーブしようとしていたのに。あんなに距離を作ろうとしていたのに。あんなに、勘違いしないようにしようとしていたのに。

気がついた時には、すべてが手遅れだった。

＊

サボった次の日。一日サボったところで気持ちが上向きになるわけもなく、エナジーがチャージできたかといえばそんなわけもなく。むしろその逆で、学校に行くことが昨日よりも面倒になっていた。昨日からずっとスマホの電源は切ってある。もしかすると颯ちゃんから連絡が来るかも……なんて、この期に及んで淡い期待を抱こうとするお花畑な脳みそを冷静に保つため、電源を落としていた。

颯ちゃん、昨日のお昼はどうしていたんだろう……？　そんなことを何度も考えて、そう思ったあとにはすぐ否定的な言葉が脳内を埋め尽くす。

『二度と、馴れ馴れしくその名前で呼ぶな』

完全なる拒否。

『あたしが青井のことを冗談交じりに颯ちゃんって言った時、アイツぶちギレたんだよね』

……ほーら、そんな話聞いたから、だから余計に思っちゃったじゃん。自分は特別なのかもしれないって。颯ちゃんにとって、私はちょっと特別な存在になっているのかもしれないって。

お姉ちゃんのような存在にはなれないかもしれないけど、でも私は私で、違った形でも、颯ちゃんの特別になれているのかもしれないって、そう思っちゃったじゃん。

私は、そんなふうに思っちゃ、いけなかったのに。

『お前は全部知ってたのかよ』

……うん、知ってた。もちろん、颯ちゃんはお姉ちゃんの元カレだって知ってたよ。

颯ちゃんがこの高校を受験したのを知って、私はここに通おうって決めたんだから。

『全部知ってたんだろ。その上で俺に近づいたのかよ』

私はきっと、颯ちゃんと言葉を交わすことさえないと思っていた。同じ学校で颯ちゃんと過ごす一年間、私はただ颯ちゃんを遠くから見つめるだけで終わるんだと、本当にそう思っていた。

『楽しかったか？　お前の姉にフラれたあとの俺の様子見てて。こんな彼女取っ替え引っ替えしてるヤツが風花と付き合ってたって知ってどう思った？　嘲笑ってたのか？　それとも仕返しでもしてやるつもりだったのか？』

そんなふうに思ったことなんて一度もない。私はただ、颯ちゃんにもう一度、昔の笑顔を取り戻してほしかっただけ。またあの時みたいに、笑っていてほしかっただけ。

……私は、頬を伝う温かな涙をシャツの袖で拭った。

『――どういう気持ちで俺を見てたんだ？』

そんなの、決まっている。

私は――。

＊

「かすみ！」

登校してきたばかりの私の席に駆け寄ってきたのは、りょうちんだった。

「昨日電話してもメッセージ送っても音沙汰ないし、どうしてた？　風邪？」

「ごめん、風邪で頭痛かったからスマホの電源落としたままだった」

私はまだスマホの電源は切ったままだ。電源を入れたところで悪いことはあってもいいことがあるとは到底思えなかったから、あえてそのままにしていた。

「いいけどさ……かすみ、青井先輩となんかあった？　先輩、昨日は別の子隣に連れてたけど」

「えっ？」

カバンの中から取り出した、今朝購買で買ってきた真新しい教科書が、私の手からするりと落ちた。

「ふたりで食堂近くのベンチ座って、お昼ご飯一緒に食べてた。なんか、なんていうか、まわりに当てつけてるみたいにさ」

耳を疑った。いや、わかっていた。お昼時、颯ちゃんの隣に座るのはもう、私じゃないかもしれないって。でも、早すぎじゃない？　それじゃ本当に、私は用済みってこと――？

「あー、よかった！」

クラスの後方から一際大きな声でそう言ったのは、クラスメイトの山下さんだ。

「斉藤さんに言われたとおり空手なんて習わなくて本当よかったぁー。無駄にガタイよくなって女子力下がるとこだった」

「あんたはもともと女子力ないから安心しなよ」

嫌味たらしくそう言う山下さんに、すかさず応戦するりょうちん。普段は私をいじることに長《た》けているけど、味方に回ると心強い。

「はぁー！　紺野さんがそれ言う？　私、紺野さんよりマシだと思うけど！」

「じゃあ自己評価高すぎじゃん？　見直したほうがいいよ」

「むっかつくー！」

イライラして地団駄を踏む山下さんをなだめるため、教室から連れ出す小倉さん。

山下さんとのやり取りはりょうちんに任せている間も、私の頭の中は颯ちゃんのことでいっぱいだった。

私は思わずポケットからスマホを取り出し、電源を入れた。するとと着信とメッセージのアイコンにたくさんポップアップのマークがついて、それを端から開いていく。

着信はりょうちんから。メッセージもほとんどりょうちんからと、あとは登録しているサイトの広告だった。その中に颯ちゃんからのメッセージは、ひとつもなかった。

わかっていたことなのに、再確認してみると思っていた以上に凹む。

バチが当たったんだ。ぜーんぶ隠して颯ちゃんのそばにいたから。その上たくさん期待して、颯ちゃんの隣に食らいつこうとさえしちゃったから。

落ち込む私の気持ちをよそに、授業開始のチャイムが鳴り響いた。

「かすみ、とにかくあとで話聞かせて。ずっと気になって仕方なかったんだからね」

そう言って、りょうちんは自席に戻っていった。

私は一時間目の授業が何だったのか終わったあともわからないまま、あっという間に、気づけば休憩時間になっていた。

＊

「……で、話してくれんでしょーね？」

休憩時間にトイレへ逃げようとした私に気づいたりょうちんが、わざわざあとを追いかけてきた。人と一緒にトイレなんて絶対行かないタイプのりょうちんが、私についてこんなところまで来る始末。りょうちんにしっかり腕を掴まれた私は、もう観念して人気のない場所へと移動した。

「ごめん、詳しくは言いたくないんだけど……」

私が言葉を濁しているのに、りょうちんってばあっさりこう言いのけた。

「じゃあ詳しくなくていいじゃん」

詳しくなくてって。それはそれで聞く気あるの？　ってか、それならいっそのこと話さなくてもよくない？　そう思ったけど、りょうちんが一度言い出したことだ。言わずに去るなんてするはずがない。

「……とりあえず先輩との契約は解消しました」

「ふーん。それはよかったけどさ、なんで？」

驚きもせずあっさりとした物言いに思わず面食らいそうになった。

「それは黙秘で」

「ふーん」

理由を話せばお姉ちゃんのことも話さないといけなくなる。りょうちんになら話してもいいかもしれないけど、今は心が重すぎて、話す労力すら捻出できそうにもない。すべてを話せば長くなる。その気力が今の私には残っていなかった。

――と、そんな時だった。私たちが話しながら何気なく足が向いた先、食堂近くのベンチには、颯ちゃんがいた。

「あっ、あれじゃん。あの子がかすみと取って代わって、前かすみがいたポジションにいる子じゃん」

私は一本の大木にでもなったように、足がそれ以上動かなくなった。現実をまざまざと見せつけられて、わかっていたけど、やっぱりショックは拭いきれなかった。

「でもさ、あの子って見覚えある？　なーんか、前にも先輩の隣にいなかった？」

りょうちんに言われてハッとした。そうだ、あの子は前に颯ちゃんの隣でお昼を食べていた元カノだ。首に巻いたリボンタイが私たちと同じ色の一年。彼女はうれしそうに颯ちゃんの隣で笑顔を振りまいていた。ほんのり頬を赤らめながら。

「ってことはあれか、先輩とうとう本命を見つけたってことか？　先輩の日替わり彼女たちって、今まで一度も二回付き合った子はいなかったじゃん？」

「そうだけど、でも……それは、ないよ」

ボソリと呟いた私の言葉が、思ったよりもトーンが低くて、りょうちんは黙って私を見つめた。

それはない。颯ちゃんがあの子を好きなわけない。あの子が私のお姉ちゃんを超えれるわけがない。あんな日替わりの彼女だった人たちの中に、颯ちゃんの心を射止めた人はいない。

遠くから、ただ見つめていただけだったけど、それでも、私にはわかる。ずっと、長い間見つめていたから、よくわかる。お姉ちゃんに見せてもらった颯ちゃんの写真は、昔見た私が好きだった頃の颯ちゃんの笑顔がそこにはあった。だけど、今の颯ちゃんは違う。楽しそうな、幸せそうな、そんな様子は微塵《みじん》も見えない。

「かすみのお役目は本当に終了なんだね。あんな嫌がらせはされなくなるからよかったじゃん」

お役目終了……？　本当に？　それが本当だったら、私はうれしいはずだ。大好きな人の笑顔が見れるのなら、私は心から祝福できるはず。

だってお姉ちゃんの時がそうだった。悲しみや、胸が押しつぶされそうな感情はあったけど、それでも私は祝福できた。だって大好きなお姉ちゃんと、大好きな颯ちゃんだったから。颯ちゃんの相手がたとえお姉ちゃんじゃなくなっても、それでも大丈夫。颯ちゃんが幸せなら、心から笑ってくれるのなら、私は遠くから見つめるだけでも、それでもよかった。

それなのに――。

「ねぇ、りょうちん」

「んー？」

りょうちんは颯ちゃんのほうを一瞥《いちべつ》したあと、くるりと体を反転させて来た道を戻ろうとしていた。私はまだ動けずに、颯ちゃんたちを真っ直ぐ見つめながら、口を開いた。

「私ね」

真っ直ぐ前を見据える私の言葉は、淀《よど》みなく口からこぼれ落ちた。

「先輩のことが好きなの」

颯ちゃんのことが好き。

それは今も変わらず、ううん、前よりも気持ちが大きくなっている。こんなことになるのなら、そばにいるんじゃなかった。お昼ご飯も一緒にいなければよかった。知れば知るほど、遠くからではわからなかった颯ちゃんを知って、私の欲深さは増してしまった。

でももう、いいよね。ずっと隠していたんだから。誰にも言わず、大好きなお姉ちゃんにだって言えなくて、ずっとずーっと胸の奥にしまい込んでいたこの気持ち。颯ちゃんに幻滅されて、もうあそこに戻ることもできなければ、この先この気持ちを明るみに出すこともないだろうから……だから、もう、いいよね。

ずっと閉じ込めて、押し込めていた私の気持ち。大事にできなかった、大切な気持ち。初めて言葉に出した想いは、はらはらと舞う花弁のように私の心を軽くした。

「……だから言ったじゃん。あたしはそうじゃないかって思ってたし」

りょうちんは、驚きもせずあっさりとそう言ってのけた。

うん、りょうちんってばすごいね。きっと千里眼を持っているんだね。私もそんな眼《め》を持っていたならば、こんなことにはならなかったのかもしれないね。

「ヒーローの隣には、やっぱりヒロインだよね」

そよ風が私の言葉を奪っていった。そよ風程度に奪われるような私の言葉は、もちろんりょうちんにも届かなかったらしい。

私はくるりと回れ右をして、りょうちんのあとを追って教室へと戻っていった。

＊

お昼休みになって、私の心はさらにずっしりとした重みが増していた。今から食堂でお昼を調達してこなければならない。もう私は颯ちゃんの隣でご飯を食べないから、自分で調達しなくちゃいけないし、今まで人に見られながらお昼を食べていたけど、その必要もなくなったのに人から注目されたり陰口を言われたりする立場にいる。だからお昼を調達したらどこかでひっそりと食べようと思う。

「ほらあの子、青井先輩に特別扱いされてたって子でしょ？　なのに今じゃ別の子に取っ替えられちゃって不憫《ふびん》じゃん」

「あれならまだ付き合って別の子に乗り換えられるほうがマシだよね？」

……聞こえてるってば。そんなのほっといてよね。なんて思って、ときどき胃がキュッとなったり、イライラしたりもするけど、それもほんの一瞬のことだった。私が話題に上がっている理由は颯ちゃん絡みなわけだから、その颯ちゃんに新しいパートナーが見つかれば、話題は自然と最新のものに切り替わる。人の噂も七十五日とか言うらしいけど、私が噂されるのはもって三日くらいじゃないだろうか。

「あっ、青井先輩たちじゃん。食堂でご飯食べないんだ？」

一時間目の休み時間、颯ちゃんたちを見かけたベンチに、ふたり揃《そろ》って座ってお昼を食べている。まるで、あの時間からずっとあそこにいたんじゃないかと錯覚しそうなほどだった。

「青井先輩は先生たちから食堂利用不可の出禁食らってるからね」

「そっか。ってかかすみ、それあんたもじゃん」

「何その顔。りょうちんは私に付き合って外で食べてくれるんでしょ？」

「えー、私オムライス食べたいから、かすみひとりでお昼食べてよ」

「ひっど！　ここまで一緒に来といて！　友達でしょ？」

「友達の後ろに【仮】ってつけといてくんない？」

「ひっど！」

なんて、りょうちんとやりとりしながら、なんとなく颯ちゃんのほうを見たら……颯ちゃんと私の視線が合わさった。

あっ、って思って私は颯ちゃんから目が離せそうになくって……だけど、颯ちゃんは違った。あっさり目を逸らして、手に持っているコロッケパンに視線を向けた。

……気の、せい？

目が合ったと思ったけど、それはただの気のせいだったのかもしれない。自意識過剰はなかなか直らないものなんだな、ってそう思って私は自分を律した。颯ちゃんが食堂の外にいるせいで、いつもなら中が混んでいるのに、今回は食堂のまわりが女子でいっぱいだった。その中に埋もれるように存在している私。そんな状況下で颯ちゃんが私を見つけるわけもないし、ましてや探すわけもない。何せ最後はあんなふうに幻滅されてしまったのだから。

「かすみー、何買うの？　外で食べるんだったら早く買わないと売りきれるっしょ？　それでなくても今日は表で食べる人が多いんだし」

「ああ、うん……」

パンが売りきれる前に買わなくちゃ。そう思ってりょうちんと食堂内に入ろうとした、その時だった。

「あっれー、またその子？　なんでその子だけ二ターン目なわけ？」

嫌味ったらしく、でもキッパリとまわりの聴衆にも聞こえるような声でそう言ったのは、思ったとおりの人物——颯ちゃんの元カノの先輩だった。

「今回もこの子は友達ってやつなの？」

先輩はそう嫌味ったらしく言って、せせら笑った。

「あたしはダメでこの子が友達になれる理由が知りたいんだけど。前の子は付き合ってなかったんでしょ？　だったらまぁ話は別として、この子は違うじゃん」

ここにいる誰もが思っている疑問を、あの先輩はズケズケと問いただしていく。先輩だってまだ颯ちゃんのことが好きなはずなのに、こういうことをダイレクトに聞けるところがすごいと思う。なんかちょっと体育会系のサバサバした感じがする先輩だから、思ったことは聞かないと気がすまないのかもしれないな、なんて思いながら私はこの光景の一部始終を聴衆に混ざって見届けた。

「ねぇ、なんとか言ったらどうなのよ」

「うっせ。そんなもんこいつに聞けよ」

颯ちゃんはぶっきらぼうに隣に座る彼女へと首を振ってあとは我関せずって感じで缶コーヒーをゴクリと飲んだ。

「ふーん、青井はこう言ってるけど、あんたは青井の何？」

「あっ、えっと……」

見るからに大人しそうな女子。さらに一年と三年という年の差もあって、威圧感に耐えきれそうにない様子だ。颯ちゃんのほうをチラチラ見ながら目で助けを訴えているのに、颯ちゃんは我関せずを貫き通している。なんて、鬼畜な……。助けるつもりがないのなら、なぜ彼女を隣に座らせているのかがわからない。

颯ちゃんが言うように、勝手に隣を陣取ったのだろうか？　だとしたら休み時間も一緒にいた意味がわからない。もし風よけ役を任せたというのなら、私の時のように助けてあげるべきだと思う。私の時は実際に助けになっていたかは怪しいけど、少なからず颯ちゃんは助け舟を出そうとしていた。

けど、今は違う。今の颯ちゃんにはそうする気はさらさらない様子だ。

「なんか、やな感じじゃん？」

りょうちんも私の隣に戻ってきて、事の一部始終を見守っている。この場にいる誰もが颯ちゃんたちの動向に目を向けている中、一年の女子はオロオロしながら口を開いた。

「わ、私は、先輩のお友達です……！」

そう言ったあと、颯ちゃんの反応を確認するみたいに隣を見やるけど、颯ちゃんは相変わらず我関せずって態度を崩さない。

「友達って、あんたは元カノでしょ。なんで友達？　ってか友達ってどーいうものなのか、ちゃんと知ってる？」

「……知ってます。だから──」

彼女は懸命に言い返すけど、虫の声みたいな弱々しいもの言いでは、あの先輩元カノに勝てるわけがない。

「さっきから見てたけどさ、あんたらの関係って友達じゃないじゃん。こういうのは下僕って言うんだよ」

「そんなっ！」

ショックとイラ立ちをその表情に映し出した彼女は、震えながらも立ち上がった。その瞬間だった。我関せずな颯ちゃんが、突然声を立てて笑った。

「ははっ。たしかにな」

その笑い声にみんなの視線は颯ちゃんに注がれた。

「青井、あんたなに考えてんの？」

先輩元カノの疑念の目が颯ちゃんを刺す。そんな視線なんて気にもしない颯ちゃんは、せせら笑いながら話を続けた。

「友達ねぇ……。俺、お前の名前すら覚えてないんだけど？」

あたりが騒然となった。そんなことなんてお構いなしに、颯ちゃんは缶コーヒーを飲み干して、食べ終えたゴミをゴミ箱へと捨てて、その場を去ろうとした。

「先輩……！」

「青井、まだ話終わってないんだけど」

元カノたちの言葉にはいっさい耳を貸さず、颯ちゃんはあっさり去っていった。

……なっ、なんで。

「この状況で、よく立ち去れるね。かすみ、青井先輩のどこがいいの？」

りょうちんの投げかける疑問に答える間もなく、私は颯ちゃんのあとを追った。

なんで？　なんであんなこと言うの？　なんで、あんなこと続けているの？

私がイジメに遭っている時、颯ちゃんとても悲しそうで申しわけなさそうな顔していたのに。

おかしい。颯ちゃんがおかしい。それって私のせい？　私が、お姉ちゃんの妹だって隠していたから？　それがショックで女性不信になってしまった、とか……？

……それは十分ありえる。だって、颯ちゃんは傷ついていた。お姉ちゃんとのことで深い傷を負っていた。だからあんな日替わり彼女なんか作っては、その隙間を埋めようとしていた。それなのに、私はおこがましくもそんな颯ちゃんを癒そうだなんて思って、すべてを隠してそばにいたから……それが颯ちゃんにさらなる深手を負わせてしまったのかもしれない。

始まりは不本意だったけど、結果として颯ちゃんを傷つけた。それなら、私がなんとかしなきゃ。ちゃんと颯ちゃんと話さなきゃ。これ以上嫌われたって、罵《のの》られたって、なんとかしなくちゃ……！

そう思って颯ちゃんの元へと駆け出した。私が颯ちゃんのところにたどりついたのは、三年校舎のすぐそば、あの花壇があるあたりだった。

「先輩！」

颯ちゃんの後ろ姿を負って、あの聴衆の中から飛び出したけど、人混みが多すぎて出遅れてしまったらしい。颯ちゃんが振り返った先にいたのは、あの一年女子だった。

「なんだよ。まだなんか用があるのかよ」

「なんでですか？　私のこと、どう思ってるんですか……？」

「なんだその質問」

颯ちゃんの表情が般若《はんにゃ》だ。離れて見ている私ですらそう感じるのだから、あの場にいる彼女はもっと恐ろしく思っているに違いない。それでも、彼女は話すことをやめなかった。

「だっ、だってそうじゃないですか。私が先輩の隣にいたいと言ったら、先輩は私を受け入れてくれたじゃないですか。なのに――」

「勘違いすんなよ。お前が勝手に俺の隣に座ってたってだけだろ。それを俺が受け入れたとかって、発想がすげーな」

「そんなっ、だって……」

先輩は彼女のところまで歩み寄っていき、体ひとつ分の距離でピタリと止まった。

「だって、何？」

せせら笑う颯ちゃん。そんな颯ちゃんに臆しながら、懸命に言葉を探している。彼女の両手は、プリーツスカートの裾をギュッと掴んで離さなかった。

「お前は俺とどうなりたいわけ？」

その一言に、彼女の口は再び動いた。

「彼女……いえ、友達でもいいです……」

あっ、それは言っちゃダメ――。

そう思ったのと同時だった。颯ちゃんは侮蔑を込めた目で彼女を見おろした。

「ざけんな。そんな下心あるヤツと友達なんてなれるかよ！　気色悪い」

言葉のチョイスがまた酷い。そして、その言葉は離れた場所にいる私の心をも突き刺した。

いや、私はもともと下心があったわけじゃないけど……結果としてそうなった。だから颯ちゃんの言葉は、離れたところにいる私にまで、ダメージを与えていた。

私がダメージから立ち直れないそんな隙に、彼女はさらに食い下がった。

「じゃあ、斉藤さんは？　彼女だって下心あったんじゃないですか？　現に前まで一緒にいたのにいないじゃないですか。それって他の女子と同じだったってことじゃないんですか？」

……そう、だよね。やっぱりそう思われるよね。いや、実際はそうだったんだけど。

私の胸はチクリと痛んだ。

だけど、颯ちゃんのこのあとの言葉に私は驚いた。

「――お前に、アイツの何がわかるんだよ」

その言葉は不意打ちだった。放たれた言葉が、私を庇ってくれているように思えて、私は思わず胸を押さえた。きっと颯ちゃんはそんなつもりで言ったんじゃないだろうけど、私も、そして颯ちゃんと向き合う彼女もそれを同じ意味に捉えていた。

「……なんで？　なんで、斉藤さんのことは庇うんですか？　あの人だって同じじゃないですか！」

「はぁ？　どこがだよ」

「だってあの人、先輩の元カノの……」

「俺の、なんだよ？」

颯ちゃんは、彼女の頬を片手で摘《つま》むみたいにして、握った。彼女の口は尖って、そのまま口を閉ざした。

「なんだよ、言ってみろよ」

私の手のひらに嫌な汗が滲み出す。背筋がヒヤリとして、突然呼吸が浅くなった。

「あ、いえ……」

颯ちゃんは乱暴に彼女の頬から手を離し、さらに詰め寄る。

「言えよ！」

一喝されて、彼女の体はピクリと揺れた。けど、やっぱりそのまま口を開こうとはしない。

もしかして、彼女は……。私がそう思い始めていた時だった。私の考えを肯定するかのように、何も語ろうとしない彼女に代わって颯ちゃんが話を続けた。

「俺のなんだよ？」

「それは……」

彼女が目を逸らした瞬間だった。颯ちゃんは一気に確信をついた。

「お前……アイツが俺の元カノの妹だって言いたいんだろ」

空気がシン、と静まっているのに、私の心臓だけは鋼を打つみたいにドクドクと音を立てていた。彼女はバツが悪そうにしつつ、口は真一文字に塞がれている。そんな様子にもお構いなしに、颯ちゃんはさらに話を続けた。

「……お前だろ？　こないだ俺宛の手紙をそこの花壇に置いてったのは」

やっぱり、彼女が――？

「……なんの話、ですか？」

「かすみの教科書捨てたのも、あの花壇荒らしたのも、全部お前が犯人なんだろ？」

「先輩がなんの話をしてるのかわかりません」

彼女は否定した。だけどそんな彼女の表情が、すべてを物語っていると思った。遠目にもわかるほど、その顔は引きつり、蒼白《そうはく》だった。

「しらばっくれても無駄だぞ。お前が花壇を荒らした日、あの雨の中であんな派手に花壇荒らしてりゃ靴も汚れるわな。革靴がドロドロで廊下まで汚れてたぞ」

「な、んの話をしてるのかわかりませんけど、雨が降ってたのなら靴が汚れるのは普通の話ですよね？」

「泥遊びする小学生でもあるまいし、あんだけローファーが汚れるか？　俺はお前の靴を見た瞬間、犯人はお前だって思ってたけどな」

「あの日、ぬかるみにはまったんです」

「へぇー」

冷めた颯ちゃんの目は、彼女を凍らせようとでもするみたいに放たれている。でも彼女の言うとおりだと私も思った。あの子が私にいろいろな仕打ちをしてきた犯人だとは限らないし、そもそも起きた出来事はすべて同一犯とも限らない。言動から言って怪しいとは思うけど、確証はない。

「かすみのカバンに泥を入れたり、教科書抜いたりできるのなんか同学年くらいだろ。他級生が他の学年の校舎ウロウロしてたら目立って仕方ねーし」

「でも私じゃ……」

彼女は懸命に無実を訴え続ける。けど、颯ちゃんは冷たくこう言い放った。

「俺、この花壇が映るようにカメラで隠し撮ってたんだよな」

そう言って、颯ちゃんはポケットからスマホよりも小さくて、簡易マイクみたいな機械を取り出した。

「これに映ってたんだよ、お前がこの花壇に手紙置きに来るところがな」

颯ちゃんはそう言ったあと、身の毛も凍るような冷たい視線を彼女へと向けた。私ですらそう感じたのだから、そばにいて直接その視線を受けている彼女の体は凍りついてしまったんじゃないかと思えるほど、微動だにしない。

「犯人は犯行現場に戻ってくるっていうのは本当だったんだな」

颯ちゃんは笑っている。嘲笑うように笑っている。地獄の閻魔《えんま》様でもこんなに残酷な表情で笑ったりしないんじゃないだろうか。そう思えるほどに、残忍な笑顔だった。

「……それは」

「それは、何かの間違いだって？」

彼女の言葉にかぶせるようにして、颯ちゃんは言葉を吐き捨て、その吐き捨てられた言葉に彼女の体はブルルと小さく震えたのが私の位置からでも見てとれた。

「ふざけんな」

マシンガンのように立て続けに放たれる言葉に、彼女は立っているのもやっととという様子。そんな状況でも、彼女は懸命に口を開いて言い返した。

「わっ、私、謝ったりしませんから」

これ以上シラを切るのは不可能だと判断したのか、彼女はとうとう白状した。そんな彼女に対して、颯ちゃんは一蹴するような冷めた視線を向けた。

「別に謝んなくてもいいけど、またアイツに手出したら次はタダじゃおかねーから」

〝——俺が守ってやるから〟

思わず、そう言ってくれた時の颯ちゃんを思い出した。颯ちゃんにそう言われたのは最近の話なのに、なんだかもう遠い昔の話のように思えて、私の胸は小さく疼《うず》いた。

「なんであの子を庇うんですか？　あの子のお姉さんは先輩の元カノですよね？　先輩は覚えてないかもしれないですけど、私も先輩たちと同じ塾に通ってたので知ってるんですから。だったら、あの子のほうがタチが悪いじゃないですか。知ってて近づいて、先輩をたぶらかそうとしてたんですよ……！」

颯ちゃんの顔色が再び変わる。さっきとは違う怒りの表情がそこには浮き出ていた。

「あの子は嘘をついていたんですよ？　先輩を騙してたんですよ？　そんな彼女を許せるんですか？　私この間聞いたんです。あの子先輩のことを颯ちゃんって呼んでました」

あ——、そう思った時、私の脳裏に蘇ったのは先輩元カノとトイレで話していた時の情景だった。

あの時、たしか個室がひとつ使用中だった。もしかして、あそこにいたのも彼女だったの——？

思い当たる節はそこしかない。それ以外決して他の人の前で颯ちゃんなんて呼んでない。言いそうになったことはあるけど、未遂だった。だから……。

「先輩のこと騙してそばにいて、たぶらかして……揚げ句、颯ちゃんなんて呼び方でお姉さんと入れ替わろうとしてました！　だから私――」

「勘違いするなよ」

颯ちゃんの声は、彼女の言葉を制するには十分なトーンだった。透き通るようなその声は、ヒートアップし始めていた彼女を律した。

「許すか許さないかも俺が決める。アイツにキレていいのも俺だけだ。部外者のお前じゃない」

そう言い捨てて、颯ちゃんは彼女に背を向けて歩き出した。後ろ姿ですら颯ちゃんの怒りが見てとれるからなのか、彼女は何も言わない。引き止めようとも、さらなる弁解の言葉を投げかけようともしない。

思わず盗み聞きしてしまったけど、私もその場を去ろうと思った時、彼女は再び口を開いた。

「ずっと、好きでした。あの子のお姉さん、風花さんと別れたのを知ってからずっと、私は先輩の隣に並びたいって思ってました。だから――」

校舎の角を曲がろうとしていた颯ちゃんは、歩む足をピタリと止めて、チラリと顔だけ振り返って、こう言った。

「今さらそんなもん、信じられると思うか？」

信じられると——。

その言葉が私の耳の中で反芻《はんすう》した。そんな私の状況なんて知る由もない颯ちゃんは、さらに話を続けた。

「お前は俺の何を知ってるって言うんだよ」

「先輩……」

「どうせ顔だろ？　付き合ったら自慢できるとか、要はブランド品と同じだろ」

「ちっ、違います！」

彼女は懸命に声を上げた。だけど、颯ちゃんは変わらない表情で声を荒らげた。

「じゃあどこが違うか言ってみろよ。俺がこの一年付き合ってきたヤツらはみんな同じだった。お前も含めてみんな一緒だった」

颯ちゃんの言葉に私の胸はズキンと痛む。日替わりランチと同じように彼女をコロコロと変える颯ちゃん。ずっと、そんなふうに思っていたの？　そんなふうに思いながらも、あんなことを続けていたっていうの？

だとしたら、颯ちゃんはバカだ。大バカ者だ。

私は駆け出した。颯ちゃんの行く先を先回りするために。

校舎の中を駆け抜けて颯ちゃんを窓ごしに見つけた私は、そのまま表へと抜けた。

そしたら、颯ちゃんは私を見た途端、歩んでいた方向を変えた。

「まっ、待って。待ってくださいよ……！」

不愉快オーラをバンバン放ち、颯ちゃんは顔だけこちらに向けて私を睨みつけた。こ、怖い……。さっき、颯ちゃんと話していた一年の元カノ。彼女はこんな視線をあの至近距離で浴びていたんだ……そう思うと、彼女が心からすごいと思えた。

「なんだよ」

「あっ、あの、あのですね……！」

上手く口が回らない。唇が、舌が、上手く動かない。そしたら、辛抱切らしたのか、颯ちゃんってば再び私から顔を背けて歩き出した。

ちょっ、切り捨てるの早いですってば。

「颯──じゃない、先輩！」

今度は私の呼びかけにも足を止める気配はない。それでも私は颯ちゃんの背中に向けて言葉を放った。

「お姉ちゃんは、ちゃんと先輩のことが好きでした！」

お姉ちゃんという言葉に反応したのか、先輩の足はピタリとと止まった。だけど、まだ振り返る様子はなさそう。

それなら、それでいい。話を聞いてくれればそれでいい。

「そしてお姉ちゃんは、きっと今でも先輩のことが好きだと思います」

私はごくりと生唾を飲み、勇気を奮い立たせてもう一度口を開いた。

「今の先輩は、すっごくダサいです。カッコ悪いです。私の大好きなお姉ちゃんの彼氏だったと認めたくないくらいみっともないです」

「……んだよ、それ」

その声には怒りしかなかった。颯ちゃんがゆっくりと振り返った時、私は阿修羅《あしゅら》の顔をした颯ちゃんを想像して震えてしまった。けど、振り返った颯ちゃんは怒っているのに、とても悲しそうだった。

その表情を見た瞬間、言葉が引っ込んでしまいそうになったけど、私は勇気をふるい立たせて、さらに言った。

「私はお姉ちゃんも認めるくらい、お姉ちゃんの彼氏にはかなりうるさいんです。だって私の大好きなお姉ちゃんで、私の人生の憧れの人の隣に立つんですから、そんじょそこらの男じゃダメなんです」

「……なるほどな。なんで初めから俺はお前に嫌われていたのか、やっと理由がわかったわ」

颯ちゃんは自嘲気味に笑った。そしてその表情は悲しみの色がさっきよりも色濃くなっていた。

「俺じゃ、不釣り合いだったって言いたいんだろ」

違う、そうじゃない。そうじゃないんです。

「いいえ……先輩は、唯一私のお姉ちゃんと釣り合う人でした。そして、私のヒーローでもありました」

私は一生、ヒロインにはなれない。颯ちゃんのヒロインにはなれない。それなら道化にでもなって、私が颯ちゃんを笑顔にできたらいいなって思っていた。

「私はずっと、颯ちゃんって呼んでみたかったんです」

私はお姉ちゃんの笑顔も、颯ちゃんの笑顔も見ていたい。

「お姉ちゃんがそう呼んでいたから、ずっとこの呼び方に憧れてました」

私がお姉ちゃんと颯ちゃんの仲をとり持つことはできない。だってそれは当人同士の話だから。私はただの部外者でしかないし、すべて決めたのは私のお姉ちゃんで、それを受け入れたのも颯ちゃんだ。

「私の名前、かすみなんて名前、ずっと嫌いでした。でも、小学生の頃、友達の家に遊びに行った帰りに何気なく見つけたお花屋さんで、こう言われたんです。かすみ草って地味だけど、ブーケを作る時になかったら上手くまとまらないんだ、って」

そう、あれが私と颯ちゃんの出会いだった。

「バカバカしいかもしれないですけど、当時の私にとってその言葉は救いの言葉でもありました。だって私のお姉ちゃんはなんでもできるんですよ。きれいだし器量もいいし、ピアノをすれば賞だって取っちゃうし、なのに私は……って、そんなふうに思ってた私の心がなんかすごく軽くなったんです」

そう、だから――。

「その店員さんは、そのあとまったくお店で見かけなかったんですよね」

私は笑った。笑ってないとなぜか涙が出そうだった。なんでかな、ずっと秘密にしていたから、口に出すと感情が高ぶってしまうのかもしれない。

「ずっと、会いたかったんです。あのあともずっと」

私が必死に笑って、必死に言葉を紡いでいるのに、颯ちゃんはじっと私を見つめたまま何も言わない。黙って聞き役に徹している。

ここまできたら、すべて吐き出してしまおう。ずーっと秘密にしていたこと、全部、ぜーんぶ打ち明けてしまおう。

「だってその人は、私にとってのヒーローだったんですから」

それは大げさな言い方なんかじゃない。颯ちゃんは私の憧れのヒーローだった。ヒーローにはふさわしいヒロインがいて、たとえ私はそのヒロインになれなくても。それでもいいって……颯ちゃんはそんなふうに初めて思えた人でした。

「また会えたらいいな、なんて思ってる時は会えないのに、再会はある日突然やってきました」

それは画面ごしに、だったけど。

「大好きなお姉ちゃんに彼氏ができたっていうじゃないですか。どこの馬の骨か、しっかり見極めようと思って写真を見せてもらったんです。そしたら……」

「……もういい」

ずっとだんまりを決め込んでいた颯ちゃんだったのに、突然口を開いた。もう少しでストーリーが完結するというのに、最後まで話させてくれないなんて、やっぱり颯ちゃんは意地悪だなぁ。

颯ちゃんはしばらく黙り込んだあと、下がっていた頭を上げて空を見上げた。何か言葉を探している様子で、戸惑いや混乱が見てとれる。今度は私がだんまりを決め込む番だった。

「かすみ」

ふわりと風に乗って、私の元に届いたその名前は、どんなに素晴らしい名前よりも眩しく感じた。

あんなに地味で目立たない名前だと思っていた私の名前なのに、颯ちゃんにかかれば宝物に変わってしまうから、やっぱりすごい。颯ちゃんはすごい。

「いろいろ巻き込んで、悪かったな」

そう言って颯ちゃんは困ったようにも見える表情で微笑んだ。

颯ちゃんの隣にいることはとても大変だったけど、でも、とても楽しい日々でした。

そう思って私も、颯ちゃんにならって微笑みを返した。

颯ちゃんはくるりと身を翻して、再び歩き出す。だけどその後ろ姿にイラ立ちや、怒りは見えない。私もくるりと体を反転させて一年校舎へ向かって歩き出した。

……きっと、颯ちゃんは大丈夫。そんな気がする。さっきの笑顔を見たら、なんとなくそう思えたから。この勘が当たらなくて、やっぱりバカなことを繰り返すようなら、また叱ってあげればいい。ウザがられても、キレられても。それでも私は颯ちゃんに言ってやるんだ。

……でも颯ちゃんはもう、大丈夫なんじゃないかな。

私は歩む足をピタリと止め、再び振り返った。そこにはポケットに手を突っ込んで私とは逆方向に歩く颯ちゃんの姿があった。

「颯ちゃん！」

私の役目は終わった。

「私は……」

それなら最後くらい、いいよね？　とっくに友達役なんて解消されているとは思うけど、始まりは颯ちゃんが決めたんだから、終わりは私が締めたっていいでしょ？

「颯ちゃんがお姉ちゃんと付き合う前からずっと」

だから、どうせなら……全部言って終わりにしよう。

「ずっと颯ちゃんのことが、大好きでした」

私はもう、颯ちゃんの友達役にも、ましてや友達にもなれない。

だって颯ちゃんにはもう友達役なんて必要ないと思うし、私にも下心がある。だから私たちは友達にもなれない。

私の視界がぼやける前に、再びくるりと身を翻して、駆け出した。

言った。全部言った。言いたかったこと、ぜーんぶ言えた。だからもう、私はこれで満足だ。

私の恋は、終わった。

最後までヒロインにはなれない恋だったけど、いいんだ。

だってこれは、私にとって……ヒロイン級に素敵な恋だったのだから。

Sweet pea
スイートピー
〈花言葉〉門出、別れの言葉、優しい思い出

——あれから。

「かすみ、昼持ってきた？」

「今朝学校来る前に買ってきた」

「なーんだ、作るとか昨日張りきったこと言ってなかったっけ？　マジで三日も持たないやる気のなさ、しししっ」

「そういうりょうちんこそいつも買ってきてるでしょーが」

「あたしは作るなんて考えはさらさらないからね。宣言すらしないからいーでしょ」

私はりょうちんと教室でお昼ご飯。

季節はすっかり冬。十月の秋を越え、十一月の木枯らしの季節もすぎ去り、十二月、一月のクリスマスやお正月気分もすっかり抜け出した。そして二月を跨《また》いで、もう三月。冬の時期は食堂は暖房器具が充実してないし、そもそもトイレに行くのすら寒くて死にそうになる私たちは、こうして冬の間は冬眠するクマのようになるべく教室から一歩も出ないことにしている。

「で、今日はなんのパン買ってきたの？」

「勝手にパンだと決めないでよ」

私は憤慨しながら、コンビニ袋の中身を机の上に並べた。

「いや、パンじゃん。どー見てもパンじゃん。なんで否定したのか全然理解できないんだけど」

「お惣菜《そうざい》パンは、パンにしてパンにあらず」

「意味わかんなー」

言いながら、りょうちんは私の焼きそばパンを勝手に包みを開けてかぶりついた。

「なんで勝手に食べるかな!?　りょうちん自分の分あるじゃん、パンもおにぎりもあるじゃん！」

「惣菜パンはないじゃん」

「知らないよ、そんなの」

りょうちんはしししっ、と笑って、自分が買ってきたおにぎりの包みを開けた。

一年経ってもりょうちんの行動は理解できないことが多いし、読めない。ほんと信じらんないヤツだ。

「ねぇ、かすみ」

「何よ。もうあげるものはないからね！」

私は残りのパンをりょうちんの魔の手から逃すため、引き離した。

「じゃなくって、明日卒業式じゃん？　あれから青井先輩と全然話してないの？」

明日は卒業式。私たちはただの終業式だけど、三年生にとってはこの学校で過ごす最後の日。

「うん、話してないよ」

「連絡も?」

「うん」

「ふーん」

そう、あれから私は先輩とは連絡を取っていない。学校で見かけることはあっても、話しかけにいかないし、先輩も私に話しかけてくることはなかった。

もう私を妬む人もいなければ、私が颯ちゃんと一緒にお昼ご飯を食べていたってこともう話題にすらならない。

「でもあのあとから、青井先輩の隣に座る女子はいなくなったじゃん。かすみが望んでたとおりになったんじゃん?」

「なんかそれ、誤解を招く言い方だね」

「まぁ、席を他校に移しただけかもしれないけどー。しししっ」

りょうちんは意地悪そうにそう言って笑った。けど、私はそれならそれでいいと思う。それが本当に颯ちゃんの好きな人なんだったらそれでいい。前みたいにあんなにまわりを傷つけて、自分だって癒されもしない迷走の中にいるような颯ちゃんでなければいいって思うから。

「隙アリ!」

「あっ！　ちょっ、またぁ⁉」

りょうちんは私の最後のコロッケパンのコロッケまで盗み食べた。

「まだまだ修行が足りないね」

「意地汚いなぁ！」

しししっ、ってりょうちんは笑いながらごくりとコロッケを食べきった。

「でもさ、かすみはいいの？」

「何が！」

私は半分空っぽになったメイン不在のコロッケパンの空白を覗き込みながら、悲しさとイラ立ちから、返事をぶっきらぼうに投げ返した。

「先輩、明日で最後じゃん。このままお別れでいいのかってこと」

「いいよ。もう私にできることも、することもないから」

私は、空洞のできたコロッケパンを頬張った。すると前に颯ちゃんと一緒に食べたコロッケパンを思い出した。あれを食べた時は、まだ暑さが残る季節だったのに。それも、もうずっと昔のことのように感じる。

「ふーん、ならいいけど」

「うん」

りょうちんにも言ってないけど、私の気持ちはもう伝えた。すべて言った。言いきった。だからもう十分なんだ。

私は教室から見える窓の外の景色を見て、明日晴れるといいなって思った。空は厚い雲が覆われていて、今にも雪でも降りそうな景色だ。明日くらい、スカッと晴れてくれたら……そう思って再びコロッケパンを頬張った。

＊

――卒業式当日。

卒業生の先輩たちは胸元に赤い花をつけて体育館へと入ってくる。いつもは気崩したり、スカートを短くしたり、指定以外のセーターをブレザーの中に着ているような先輩たちなのに、今日だけは違った。今日だけはきっちりと制服を着ている。それが今日最後の学校なんだってことを、まざまざと私たちに知らせていた。

先生たちの朝礼を終えたあと、三年生はここで卒業式をするらしく先に体育館をあとにした。その時、私はちらっと颯ちゃんの姿を見つけた。ほんのり茶色い頭が見えたかと思ったけど、それはすぐに見えなくなった。

私たちは終業式を手短にすませて、各々の教室に戻っていく。教室で最後のＨＲと通知表、春休みの宿題の配布が待っていた。

「――あっ、雪」

誰かがそう言った言葉が私の元にも届いて窓の外を見やる。ちらちらと降る雪は、雪というよりかすみ草を連想させた。目立たなくて、華やかさもない、ただただふわふわと白いかすみ草。

〝Baby's breath〟

赤ちゃんの吐息。または、愛する人の吐息。

……そんなふうに和訳すると、なんだか地味な花も素敵に思えてくる。

『かすみ草って地味とか気軽に言うけどな、ブーケ作る時あれがないと、まとめるの結構大変なんだぞ』

自分のこの名前が素敵だと思えるかどうかは自分の心持ち次第。すべては考え方と、捉え方。そう思ったらずっと同じところばかりに目を向けていた自分の視野がぐーんと広がった気がした。

私はずっと足元ばかりを見ていた。でも頭上では空が広がって、ときどき雨が降ったり雪が降ったり、晴れだったり曇りだったり。前を向けば輝かしい景色が広がっているかもしれないし、後ろを振り返ってみればそこには緑が茂っているかもしれない。

花に興味を持ってから気がついたことがある。颯ちゃんがブーケを作る時にかすみ草がなかったらまとめにくいって言っていたけど、あれって実際はかすみ草なんてなくたってまとめるのが大変なんてことはないと思う。

もちろんかすみ草があれば他の花が引き立って、より華やぐとは思うけど、なくたってきれいにまとめることはさほど難しいことじゃないと思う。

だからあの言葉はきっと、颯ちゃんの優しさなんだと思った。颯ちゃんの裏に住んでいたという私と同じ名前のおばあさん。颯ちゃんはきっと、おばあさんのことを元気づけようとしてそう言ったに違いない。もしかしたら颯ちゃんは、そのおばあさんのことを気に入っていたのかもしれない。

私の時だってそうだ。小学生の私を励まそうとして言ってくれたんだと思う。

どちらにせよすべては捉え方と目の向け方。単に気づかなかっただけで、私が思っていた以上に世界はとても優しくて美しいものなのかもしれない。

私は先生の話を聞きながら、ちらつく雪を見て、こう思った。

颯ちゃん、卒業おめでとう——って。

「先輩、ボタンください！」

「えー私も欲しい！　袖でもいいのでください！」

卒業生が出てくるのを待っていた下級生が卒業生に群がった。その中でも一際人気なのは颯ちゃんだと思う。群れがすごくて見えないけど、きっとそうだ。

「かすみ、あんたは行かないんだ？」

「どこに？」

「決まってんじゃん。ボタンもらいに」

私は呆れた顔でりょうちんのにんまり顔を見つめた。まーた出た。りょうちんの暇つぶし的ないじりだ。

「行かないよ。私はもう終わったから」

「終わったって？」

私はカバンを担ぎ直して、にんまり笑ってみせた。

「全部！　もう悔いなし！　じゃね！」

廊下から見える体育館の入り口。そこから運動場にかけて生徒がごった返している。みんな記念撮影したり、好きな人や憧れの人のボタンをもらったり。泣いたり、笑ったり。まだまだ寒い季節だけど、みんなの感情を見ていてとても熱いと思った。

颯ちゃんはボタンを全部持ってかれて、ジャケットまで剥がされてなければいいけど。そう想像したところでありえそうで笑えないと思った。

私は校舎の渡り廊下を抜けて、三年校舎の裏までやってきた。校舎内の人気は少なく、三年生が教室で記念に写真撮影を始めていた。

私はそんな先輩方をよそ目に、三年の校舎裏にある花壇へとやってきた。

「あ、やっぱり。あんただと思った」

そんなふうに背後から声をかけてきたのは、颯ちゃんの元カノである三年の先輩。

「こんなとこで何やってんのさ？」

いつだったか先輩に水をかけられたこともあったっけ。そんな懐かしいことを思い出しながら、私は先輩の問いに答えた。

「明日から学校休みなので、一応花壇を見に来たんです」

「えっ、この花壇あんたが手入れしてんの？」

「まぁ、一応園芸部員ですから」

先輩はへぇ、なんて言って花壇を見つめている。

「これ、ガーベラってやつ？」

「あっ、はい。そうです」

このガーベラは花壇荒らしに遭ったあと、颯ちゃんが植えてくれたもの。上手くいけば一年に二度も咲く花だけど、これから咲くはずのガーベラのつぼみのひとつがすでに咲き始めていた。

「ねぇ、これもらってもいい？　卒業の祝いってやつで」

「はい、まぁ、いいですよ」

私は一輪のガーベラを切って、先輩に渡した。

「家に帰ったら花瓶に差してあげてくださいね」

「わかってるって」

オレンジ色のガーベラは、なんとなく先輩によく似合うなって思った。感情の起伏が激しい先輩だと思ったけど、私が嫌がらせを受けている時、わざわざよくも思ってない相手に颯ちゃんの情報を教えてくれた。

『──あたしが青井と別れたキッカケ、教えてあげようか』

今思うとあれはきっと、先輩なりの励ましだったんじゃないかと思う。

気性が激しい先輩も、ただ颯ちゃんが好きだったってだけ。水はかけられたけど、先輩は唯一、直接私に向かって文句を言った人でもあるんだ。

「あっ、そうそう」

先輩は花の香りを確かめながら、やんわりと微笑んでこう言った。

「あたし前にさ、青井に謝られたんだよね」

「……えっ？」

なんの話だろう、そう思って首をかしげていると先輩はさらにこう言った。

「適当に付き合ってたことと、ちゃんと別れよう、みたいなことをね」

「へぇ……それ、いつですか？」

「いつだっけな？　たぶんあんたが嫌がらせ受けてたあとくらいじゃない？」

「そう、ですか」

「聞くところによるとあたしだけじゃなく、みんなに言ってまわってたみたいだけどねー。あれで告られる回数また増えてたんじゃない？　再トライみたいな」

先輩ははっと笑いながら、ガーベラを小さく振って、去っていった。

そっか。そっかそっか。颯ちゃんはちゃんと前を向き出していたってことだ。別に私が風よけ役なんかにならなくっても、ちゃんと……。

だけどそれを、どこか悲しく思う私もいる。いつまでも傷心者ではダメだなぁ。

すっかりやんでしまった雪。空は厚い雲に覆われて、曇天だ。私の気持ちは、いつになったら晴れるかな。すっきりしたのも事実だけど、寂しく思うのも事実。そんなセンチメンタルな私は、気分を紛らわそうと珍しくポケットからスマホを取り出した。この花壇の様子を写真に収めておこうと思って、定期的にやっている写真撮影。そのつもりだった。

すると、私のスマホ画面にはメッセージバッジが表示されていた。

〝どこにいる？〟

そんな、とても短い文面だった。

どこにいる、って書かれた文字の上に表示されている宛先は、夢じゃないかと思えるほど久しぶりの相手――青井颯太と表示されていた。

えっ、なんで？　なんで今さらメッセージ？

誰かと間違って送ったとか……？　うん、それは大いにありえる。というかむしろ、それ以外ありえない。

それならどうする？　返信すべき？　でも間違っているなら返信して教えてあげたほうがいいよね？　でも、もう半年近く話してないし、ましてや連絡も取ってないから、なんていうか……返しにくい。

む、無視してもいいかな……？　既読つけないで気づかれるまで放置していてもいいかも。なかなか返事がなければおかしいと思って画面確認するでしょ。もしくは送信先の人もおかしいと思って連絡するかもだし。うん、そうしよう。それがいい。

そう思った矢先だった。

「うわぁ！」

思わず声を上げてしまった。だって今度は電話がかかってきたから。画面には再び〝青井颯太〟の文字が浮かび上がっている。

な、なななっ、なんで⁉

私は慌ててスマホをポケットに入れた。相変わらずバイブレーションが私のポケット内でブルブルと震えている。けど、私はそれに気づかないフリをして、水場に向かった。花に水をあげよう、そう思って。

心を落ちつかせようとして取った行動だったけど、全然落ちつかない。

「やっぱりここか」

「ひぇっ！」

そんな声が背後から聞こえ、私は思わず飛び跳ねて手に持っていたホースが揺れた。

「うわっ！」

「わー！　ごめんなさい――！」

私の背後にいたのは水も滴る颯ちゃん。振り返った先に誰がいるのかなんて、その声を聞けば一発だ。だからこそ私は驚いて、その相手に向けて水をかけてしまった。

「大丈夫ですか！」

私は慌ててカバンの中にあるハンカチを取り出し、颯ちゃんに差し出した。なんてこった。こんな寒い冬に水ぶっかけるとか……しかも今日は卒業式。卒業生が華やぐ日だというのに。

「ったく、連絡は無視するわ、水ぶっかけるわ。お前久しぶりでも相変わらずだな」

相変わらずとはどういう意味だろうか。そこはちょっと問いただしたいところだけど、私は静かにそれを聞き流した。

「先輩こそ、どうしたんですか」

連絡は間違いだと思って無視していたのに。でも無視していた事実もあまりいいものではなさそうだから、そのことには触れないでおいた。

「かすみを探してた」

「なんでまた、私を？」

何気ない感じでそう聞き返した。水をまき終えホースをしまいながら。

颯ちゃんにかかった水は案外少しだけだったから、大丈夫。風邪はひかないよね？水も滴るって程度だよね？　なんて弁護がましく自分にそう言い聞かせていると、ふと颯ちゃんの片手がずっと後ろにあるのが気になって覗こうとしたら……。

「あの時の返事をしに来た」

あの時の返事……？　そう思って首をかしげていたら、颯ちゃんは後ろ手にしていた手を私の前に差し出した。

「あっ……」

真っ白い、雪。雪が私の前に広がった。

「お前、言い逃げとか卑怯《ひきょう》だろ」

颯ちゃんの片手には私の渡したハンカチと、もう一方の手には白い無数のかすみ草の花束――。

かすみ草の花言葉は〝清らかな心〟、〝無邪気〟、〝親切〟、そしてもうひとつ。

「ありがとうな」

〝感謝〟

「い、いえ……」

今さらそんなわざわざ。律儀な真似なんてしなくていいんですけど。むしろあれは、私の自己満で、しかも返事が欲しかったわけじゃないんで……。

返事されちゃったら、本当に終わるじゃないですか。もう終わっていた恋だけど、本当に結果までついてきちゃうじゃないですか。

結果はいらなかったのに。だって答えならとっくに知ってましたから。言われなくたってわかってましたから。

私は話を誤魔化すみたいに、話題をふった。

「……この、かすみ草どうしたんですか？」

かすみ草のシーズンでもないのに。こんなにたくさん。私はそっと颯ちゃんからそれを受け取って、そのまま抱きしめるみたいにしてかかえた。

「俺を誰だと思ってんだよ。花屋の息子をなめんなよ」

「あはは、そんな自慢の仕方ってあります？　でも先輩、こんなのよく持ってましたね。みんなに騒がれて仕方なかったんじゃないですか？」

「だから先生に預かってもらってた。んでこっそり返してもらってな」

「へぇ……」

私は改めて颯ちゃんがくれたブーケを、そっと抱きしめた。

「あの……卒業、おめでとうございます」

「ああ」

「見事にボタン、なくなってますね」

颯ちゃんのブレザーについていたボタンふたつ、腕のボタンも根こそぎだ。

「こえーよな。人の許可なくブチブチちぎっていきやがった。シャツのボタン引きちぎられそうになった時はさすがに引いたけどな」

なんとか死守した感じにシャツはよれよれだった。ズボンからシャツの裾が出ているし。

「あはは、相変わらずですね。でも……」

あれから日替わり彼女の姿は見なくなりましたけど……なんて言いそうになって、私は思わず口を縛るようにして、閉じた。

「なんだよ？」

「いえ、先輩が前向きになってくれてよかったです」

「なんだそれ」

眉間にシワを寄せながら、颯ちゃんはほんのり濡れた髪を掻き上げた。

「ハンカチ、これ洗って返すわ」

「いやいや、なに言ってんですか。いいですよ、先輩、今日で卒業ですし」

「なんだよ、別に返すくらい」

「いいんです！」

私はかすみ草で顔を隠した。顔を隠すにはちょうどいい量だった。

「……なんで？」

なんでそんなこと言うんですか。今さらなんでそんなこと言うんですか。

「先輩が卒業したら会う機会なんてないじゃないですか」

「会えなくはないだろ」

そうじゃなくって……。

「私が、会いたくないって言ってるんです」

こんなつもりで言ったんじゃない。私は颯ちゃんと友達になりたいわけじゃない。

すべてを終わらせるために、すべてを言ったのであって……だからもう、いいんです。

「かすみに告られてから、ずーっと考えてたんだよな。なんか、つまんねーなって」

「そんなの知りません」

「ははっ、つめてーな」

はい、私は冷たいんです。だから友達になんてなれませんよ。先輩の物足りなさを補う存在には、もうなれません。

「お花、ありがとうございました」

私はそう言って頭を下げた。その勢いでその場を去ろうとしたのに、颯ちゃんが私の行く手を塞いでくる。

「あの、邪魔なんですけど」

「知ってる」

「どいてください」

「俺にもちゃんと言わせろよ」

「友達役はもうごめんですから」

「違う」

「じゃあなんですか。まさか寂しさを紛らわす彼女役にでも任命する気ですか？」

「……ははっ、ひでー言いぐさ」

ちょっと、言いすぎた。そう思った時にはもう遅かった。颯ちゃんは傷ついたって顔をして、私から視線を逸らしたあとだった。

「……すみません、言いすぎました」

颯ちゃんが変わってきているって知っている。それはこの半年間、遠目に見ていてもわかったくらいだ。それにさっき颯ちゃんの元カノである先輩も言っていたじゃないか。颯ちゃんの日替わり彼女たちにはちゃんと謝っていたって。颯ちゃんなりにちゃんとけじめをつけたんだと思う。それなのに……。

「でも、先輩も悪いんですよ。私は知ってるんですからね、先輩はまだお姉ちゃんのことを好きなんだってこと。だから私は先輩の友達にはなれませんし、万が一でもお姉ちゃんに会うための口実にするつもりなら……」

「そんなことするかよ、バーカ」

……バカ？

「だからお前はバカなんだよ、バーカ」

バカの嵐だ。こんなシリアスなシーンでこんなにあっけらかんとバカを連発されると思ってなかっただけに、私は口をぽかんと開けて颯ちゃんを見やった。

「人の話はちゃんと聞け。自分だけ全部吐ききってすっきりしましたって顔すんのやめろ。スッキリして勝手に自己完結してんな、バーカ」

……な、なんでこんなに私は怒られているんだろう。

「正直俺はまだ、風花のことを完全に忘れられてない」

あっ、心臓ズキッていった。颯ちゃんがお姉ちゃんのことを風花って呼んでいるのも、初めて聞いた……ヤバい、思った以上にダメージきついかも……。

「これからどうなっていくかはわからねーけど、風花への気持ちは大なり小なり持ち続けるとは思う」

　うん、知ってますってば。颯ちゃんが簡単にお姉ちゃんを忘れられるなら、あんな日替わり彼女なんて何人も必要なかったですもんね。

「けど、正直俺はかすみと話さなくなってからのほうがつまんねーって思ってた」

「でも私は先輩と友達ごっこはできません」

「知ってるっての。だから最後まで聞けって」

　颯ちゃんがもどかしそうに眉間にシワを寄せた。イライラしている証拠だ。だから私は黙って颯ちゃんの話を聞くことにした。

「この半年間、俺は風花と別れた悲しみより、かすみと一緒に過ごせなくなったことのほうがしんどかった」

　だから、それって話は堂々巡りじゃないですか。そう思ったけど、颯ちゃんは真っ直ぐ私を見ながら、こう言った。

「上手く言えねーけど、これからもきっと風花への気持ちは持ち続けるんじゃないかと思う。けどそれは、かすみが心配するようなものじゃなくって、好きの気持ちは違う好きっていうか……」

　いや、だから——。

　私は口を開きかけて、そのまま閉じた。なんだか話が噛《か》み合わないかも……そう思って。

「あ、あれ？　えっと……」

私ものすごく都合よく話を解釈してない？　だけど、そんな都合のいい考えを口に出せるわけもなく、かといってそれなら颯ちゃんの言う意味がよくわからなくて……。

「どういう意味ですか？」

なんて素直な意見を言ったら、颯ちゃんはすんごい大きなため息をついた。

「お前、マジか……人の告白をどういう意味とか言うヤツいんのかよ」

告白……？　本当に？

「いやいるな、ここに、目の前にいるわ」

「いやいやいや、だっておかしいでしょ。お姉ちゃんに気持ちがあるとか言っといて、なに言ってんですか」

都合のいい女ってやつですか。そんなの嫌に決まっている。しかも相手は私のお姉ちゃんの元カレで、その元カレはお姉ちゃんのことが好きで、なのに私は二番目……。

「何それ酷い！　私とお姉ちゃんの二股ですか!?」

付き合ってはないけど、気持ちの上で二股ってやつですか!?　颯ちゃん、全然更正してない！　全然女の敵じゃん！

私が思わず握りこぶしを作ると、颯ちゃんは慌てた様子でこうつけ加えた。

「都合がいい話だってわかってるって。まだ俺は風花への気持ちはあるけど……でも、それよりもかすみと一緒にいたいと思う気持ちのほうが大きかった。かすみと話さなくなってから、俺はいつの間にか風花のことよりお前のことばっか考えてたんだ」

「……だから」

言いわけはもういい……そう思って、もう少しで拳を颯ちゃんに向けて突き出しそうになった。そんな私の頭に上がった熱がひゅっと一瞬で下がったのは、このひと言を聞いたせいだった。

「だから――俺と付き合ってください」

私は思わず力が抜けた。そしたら、そのまま地面にへたり込んでしまった。

「おい、大丈夫か」

慌てて颯ちゃんが私の腕を掴み、立ち上がらせようとするけど、私の足はタコのように骨がなくなったみたいに、全然力が入らない。

「……な、んで？」

「なんでって……何がだよ」

颯ちゃんの凛々しい眉がくにゃりと歪んだ。

「どう考えても、私は先輩の好みじゃないと思うんですけど」

これは心の声だった。でも言葉は口を突いて出ていたみたい。

「はっ、そんなもん、勝手に決めんなよ」

いや、笑ってますけど……冗談じゃないですからね。私とお姉ちゃん、月とスッポンくらい違いますからね。

「私以外にも、もっといるでしょ……なんで私なんですか……？」

「はぁ？ 相変わらず変なこと言うヤツだな。そんなもん、俺が決めることだろ」

「だっ、だって……」

「かすみ！」

颯ちゃんは、私の両腕をギュッと掴んで私から視線を逸らさず、こう言った。

「俺はかすみがいいんだよ」

……だって、そんなことって、ありますか？ そんなミラクル、ありえますか？

私は思わず自分で自分の頬を思いっきりつねった。

「いてて……でも、夢じゃない」

「夢なもんか、バーカ」

そう言って、颯ちゃんが私の頭をくしゃりと撫でた。あ、それヤバい……そう思った時には手遅れだった。

「……泣くなよ」

私の涙を止めていた留め金は、外れてしまった。

「……先輩のせいですからね」

私は再びかすみ草の花束で顔を隠すはめになった。

「風花への想いとかすみへの気持ちは違うんだ、今はまだ上手く言えないけど……」

言いながら私の頭をよしよしってする颯ちゃん。だからそれ、ずるいですってば。

私は反対できなくなるじゃないですか。

いいんでしょうか。

――ヒーローの隣には、ヒロイン。

私がヒロインになってしまっても。ヒーローの隣に立っても、いいんでしょうか。

幼稚園のお遊戯会でもそう。私はいつもサブキャラを演じていた。

シンデレラでは悪い継母《ままはは》の娘役だったり、ダンスを踊れば端っこのほうのポジションだったり。

本当に、いいの？　こんな私で、そんな私で、本当にいいの？

「かすみ、俺はお前と一緒にいたい」

優しい声で、一生聞くことなんてないって思っていた言葉を、ヒーローは語りかけてくれる。

「かすみは？　かすみはどうしたい……？」

そんなふうに問いかけてくれる。

「私は……」

そんなの決まっている。ずっとずーっと憧れていた。

私なんかって思って、卑屈になって。初めから期待しなければ、叶わなかった時に悲しくないって。そう思って諦めていた。

だけど、本当は──いつかは私もヒロインになりたいって、思っていた。

願わくは、颯ちゃんのヒロインに──。

「颯ちゃんと、一緒にいたいです」

そう言ったら、ヒーローは優しく私を抱きしめてくれた。

お城に閉じ込められたヒロインを救い出す、ヒーローみたいに優しく、カッコよく。

ヒーローの隣には、ヒロイン。

いつか、私も颯ちゃんに似合うヒロインになれるかな……？

……なんて思わず呟いたら、距離が近いせいで聞き取られてしまったみたい。そしたら、「バーカ」なんて、優しく言われてしまった。

「お前、かすみ草を補助的に見てるだろうけどな、こうやってかすみ草だけでもいい感じにブーケはできんだよ」

そんなふうに呟いて、颯ちゃんは私をギュッと抱きしめた。

さっきよりも強く、包み込むように、ギュッと──。

Red Gerbera

赤いガーベラ

〈花言葉〉神秘、前向き

卒業式が終われば春休み。それは在校生である私にも同じようにやってくる。せっかくの春休みだというのに、私はすでに何もせず三日間を過ごしていた。宿題をするわけでもなければ、出かける予定があるわけでもない。ただ家でぐーたらと過ごした三日間。もったいないと思う気持ちもあるけど、そんなふうに無駄に過ごすことが最大の贅沢《ぜいたく》だと思う気持ちもある。

今日も気づけば時計の針は十一時を回っていた。

私はむくりと上半身を起こし、ベッドボードに置いてあったスマホに手を伸ばした。ロック画面にぽっかりと浮かぶメッセージのポップアップ。送り主はりょうちんだ。中身を確認しようとロックを解除してメッセージ画面に貼りつけられた画像を確認すると、そこにはりょうちんが楽しそうにガラスの向こう側にいる大きなエイに噛みつくみたいなポーズをした写真が写っていた。

今日は彼氏と水族館に行くって言ってたっけ。きっとこの写真はりょうちんの彼氏が撮影したのだろう。

りょうちんと彼は中学の頃から付き合ってもう三年目らしい。何度か会ったことはあるけど、ふたりとも仲よくて羨ましく思ったことがある。それくらいラブラブだ。

かたや私ときたら……。卒業式の日、颯ちゃんに告白された。けど、あれから会ってないし、なんなら連絡すら取っていない。連絡先は知っているんだから、メッセージでもなんでも送ればいいのに、私はまだ送れずにいた。

だってもしあれが夢だったらと思うと、メッセージを送る気にはなれない。時間が経てば経つほどあれは私の勘違いで、いつか見た夢を勝手に現実だと混同しているのかもしれないって思えてならなかった。

もし本当に私の勘違いだったら、どう考えてもイタいヤツだし……。

「あれってやっぱ、夢だったのかなぁ」

現実味がなさすぎて、確認を取る勇気はない。そもそも本当に付き合っているのなら颯ちゃんから連絡が来たっておかしくないのに、それは一向に来ない。とすれば、やっぱり……。

私は頭から布団をかぶり直し、ギュッと目を閉じた。夢なら夢の中で続きを見よう。素敵な物語の続きを——。

＊

『かすみ』

呼ばれて振り返ると、私の後ろにいるのはお姉ちゃん。いつもみたいににこやかに微笑みかけてくれている。

『お姉ちゃん！』

私は何かに弾かれるようにお姉ちゃんに駆け寄ろうとするのに、お姉ちゃんと私の距離はなぜだか全然埋まらない。

『お姉ちゃんいつ帰ってきてたの？』

全然埋まらない距離。それでも私は必死になって足を動かして駆け寄ろうとする。なのに、距離は縮まるどころかむしろ離れていくように感じる。

『おねえちゃ……』

『かすみ、颯ちゃんと付き合ってるんだ？』

笑顔のお姉ちゃんからは想像もできないほど、冷たい声がこの空間に反芻するように響いた。その言葉に私の足は思わず止まった。

『かすみはいつもそうだよね。私のファンだとか言って、憧れを抱いているフリをして、本当は私のことを妬ましく思ってたんでしょ？』

『そんなことないよ』

足を止めてしまったあと、なぜか両足が鉛のように重くて一歩も動かすことができない。だけどその間もお姉ちゃんはどんどん遠ざかっていく。

『そんなふうに思ったことなんてないよ！』

『そうかなぁ？　私が颯ちゃんと付き合っていた時だって、本当は悔しかったんでしょ？　自分のほうが先に知り合ったのに、どうしてお姉ちゃんなんだって』

『違う！』

『違わない』

『ちがっ……』

否定しようとしているのに、言葉が出てこない。突然食道を紐《ひも》でキュッと締められたような感覚で、声が出ない。

『何をしてももてはやされるのはお姉ちゃん。何をやっても秀でてるのはお姉ちゃん。お姉ちゃんばっかりずるい。ずるい。ずるい。ずるい。そう思っているでしょ？』

やめて、そんなふうに言わないで。お姉ちゃんは私の憧れで、私の——。

はっとして、私は目を覚ました。

頭までかぶっていたかけ布団のせいで布団の中は酸素が薄く、汗だくな私の体にまとわりつく感じが気持ち悪くて飛び起きた。着ていたパジャマはぐっしょりと濡れていた。まるで頭から水を引っかぶったかのようにびっしょりだった。

「はぁ、悪夢すぎる」

私は首にまとわりつく髪を払いのけ、ベッドから這い出て鏡の前に立つ。顔には血の気はなく、オバケみたいに真っ青だった。

——自分のほうが先に知り合ったのに。

まだ耳に残るその言葉に胃の中のものが込み上げてくるような気持ち悪さを感じて、私は頭を振った。お姉ちゃんを妬むなんて、そんなふうに思ってない。思ったことなんてない。

鏡に映るベッドボードの上に置いてあるスマホ。その画面がピコピコと点滅した。メッセージを受信したサインだ。私はベッドに座り、スマホを手に取った。

また、りょうちんかな？　そう思ってメッセージを確認すると、そこには予想とは違った名前が浮かび上がっていた。

〝青井 颯太〟

思わず心拍数が上がる。予想してなかった名前だけど、心待ちにしていた名前でもあるから。

な、なんて書かれているんだろう……。恐る恐るメッセージを開くと、颯ちゃんからの淡々とした短いメッセージが書かれてあった。

〝明日、暇か？〟

これってもしかして、デートのお誘い……とか？

颯ちゃんと付き合えることになったなんて夢だと思っていた矢先の連絡で、やっぱりあれは本当にあったことなんだって実感がわいてきた。

じっと颯ちゃんのメッセージを見つめながら、なんて返事をしようか考えあぐねいていた時、再び颯ちゃんからのメッセージが届いた。

〝おい、今度は無視するなよ〟

「あはっ」

思わず声が漏れた。私は笑みをこぼしたまま、メッセージを打ち込んでいく。

〝暇かと聞かれれば、そのような気がします〟

〝なんだそれ。暇だって素直に言えよ〟

〝ご用件はなんでしょうか？〟

私が最後に打ち込んだメッセージに既読がついた瞬間だった。

「わぁ！」

手の中にあるスマホが怒ったように震えた。その振動とともに画面に映し出されたのは青井颯太の名前。

で、電話!?　ちょっとそれは心の準備ができていない。

ただの電話の着信で、ビデオ電話じゃない。それなのに私は髪を手櫛で梳かし、パジャマの襟を整えた。

……なんて、そんなことをしている間に、電話は切れてしまった。あっ、しまった、そう思った矢先、再び画面には颯ちゃんからのメッセージが浮かんだ。

〝だから無視するなって！〟

おっと、王様がお怒りだ。私がメッセージを返そうとしたら、颯ちゃんのほうが一歩早かった。再びメッセージが画面に通知される。

〝あっ、てか、電話出れない状況だったか？〟

ちょっとした気づかいに、私は颯ちゃんの優しい笑顔が目に浮かんだ。

花屋さんで働いていた颯ちゃんは、とても働き者で、気配りが上手だった。遠目に何度も通りすぎるフリをして通った花屋で、颯ちゃんが花の世話をする姿がとても印象的だった。

言葉を発しなければ動きもしない花を、同じ生き物のように優しく、大切に、扱っていた。あの様子を見て、私は改めて花も生きているんだって実感したんだ。

〝いえ、単に出そびれました。笑〟

〝じゃあ、もっかい電話するけど、出れるか？〟

〝はい、大丈夫です〟

そう返事をすると、さっそくスマホが震えた。私はコホンと喉を整えてから、受話器マークのボタンを押した。

「はい、もしもし」

『今度はちゃんと出たな』

電話ごしに颯ちゃんの声が聞こえる。電話を通すからか、いつもとは少しだけ違うように聞こえる声。けれど、いつも以上にそばに聞こえる声。距離は離れているのに、すぐそばにいるみたいで、なんだか私の頬が火照ってくるのを感じた。

「颯ちゃんがいきなり電話してくるからですよ。こちらにも準備というものがあるんです」

『今日はやけにひねくれ者だな、お前』

一瞬機嫌を損ねたのかと思ったけど、颯ちゃんは声を上げて笑った。電話ごしに聞こえる颯ちゃんの笑い声。

電波を通して聞こえる声が私の鼓膜を小さく揺らす。なんだか電話を受けているほうの耳がくすぐったく感じる。

ああ、できることなら颯ちゃんの笑っているところ、声だけじゃなく笑顔も見たいなと思った。かといってビデオ電話は無理だけど。私パジャマのままだし、髪だってボサボサだし、まったくもって人様に晒《さら》せる姿をしていない。

「明日、何かあるんですか？」

『花の博覧会に行かねーか？　かすみが暇してるなら、だけどな』

最後の言葉は嫌味っぽく言われた。私が暇だろうことはさっきのメッセージのやり取りで知っているはずだ。だから私はそこに関してはあえて触れず、花の博覧会という言葉にだけ興味を示した。

「花の博覧会、ですか？」

『ああ、なんか今いろいろな国の花や庭園を模したのが緑地《りょくち》公園で開催してるらしい。親が入場フリーチケットくれたけど、かすみなら行きたいかと思って』

「行く、行きます！　行きたい！」

『ははっ、だと思った。じゃあ明日空けとけよ。また待ち合わせ時間と場所はメッセージ送るから』

「わかりました。では、また明日」

最後小さく『おう』なんて言って、颯ちゃんは電話を切った。私は電話が切れた画面をじっと見つめて、心の中は天にも昇る気持ちで浮き足立っていた。

これって、デートだよね……？　颯ちゃんと初デート。私はうれしくて思わずぶるっと身震いした。


——翌日。

「おっ、こっちだ」

駅の改札を出たところで、颯ちゃんは壁にもたれかかりながら私のことを待ってくれていた。私を見つけた瞬間見せてくれたその笑顔だけで、私は今日来たかいがあった気がする。……って、まだ会って数秒でこれだから、今日一日心臓が持つかどうか心配になってきた。

今までも颯ちゃんとお昼食べたり、一緒に帰ったり、寄り道したりしたけど、あの時とは立場が違う。偽カノや友達役なんかじゃなく、ちゃんとした彼女として……。

今まで散々遠くから見ているだけの傍観者を演じてきた私は、突然舞台に上げられて、いまだに戸惑っている。でもその戸惑いは幸せからくるものでもあるんだけど。

「颯ちゃんの電車のほうが到着早かったんですね」

「ああ、みたいだな。……ってか」

颯ちゃんは、私の口元に向けてつん、と人差し指を向けた。触れるか触れないかの距離にある颯ちゃんの指先。

「昨日の電話の時も思ったけど、その敬語はいい加減やめろよな」

私は思わず颯ちゃんの人差し指の先を見つめてしまった。それに気を取られていたからか、言っている意味を理解するのに少しだけ時間がかかった。そんな私の反応を変に思ったのか、ちょっぴり吊り目な瞳がほんのり尖ったような気がした。

「付き合ってんのに、敬語とか変だろ」

一瞬頭がくらりとした。颯ちゃんの背後から射す太陽の光が眩しくて目を細めた。

ああ、昨日までずっと信じられずにいた私の気持ちを一蹴してくれるこの言葉。私の心配を会ってすぐに蹴散らしてくれるなんて、やっぱり颯ちゃんはヒーローなんだな、なんて思った。

「そう、ですね。でも急にそんなこと言われても難しいですよ。これはもう染みついた習慣みたいなものですし」

突然そんなことを言われても、違和感しかないし。むしろ、なんだか恥ずかしいし。

「だから慣らしていこうって言ってんだよ。ほら、そうですね、じゃなくて、そうだね、だろ？」

「そうですね、徐々に頑張ります。それより早く行きましょうよ」

「だからー」

「はいはい、行きましょー！」

案外しつこい颯ちゃんの背中を押して、私たちは駅を出た。

駅でじっとしていると通りすがる女子たちが一度は颯ちゃんの顔に釘づけになる。チラリと一瞥して、人によってはもう一度。その振り向きたくなる気持ちはとてもよくわかる。普段は制服でしか見たことない、颯ちゃんの貴重ともいえる私服姿。普段見慣れてないからかもしれないけど、カッコよさ倍増だった。

くるぶしが見えそうな少し短い黒のスキニーパンツに、白の緩めのパーカー、その上に紺色のテーラードジャケット。袖から見え隠れする茶色い革ベルトの腕時計がなんともいえず大人な感じがするし。

花屋さんで働いている時の颯ちゃんはまだ中学生だったし、いつもTシャツにお店のエプロンをつけていた。こんなふうによそ行きな感じは初めて見るから、すごくドキドキする。

「かすみの私服姿、初めて見るな」

「そりゃそうですよ。だって学校外で会うのは初めてじゃないですか」

私と同じことを考えていたことに、ちょっぴり動揺した。知らず知らずのうちに、私は自分の脳みそをさらけ出してしまっていたのかと思って。

「そうだけど、そうじゃなくて」

そうじゃなくて……？　昨日一生懸命選んだ服。ロングのトレンチスカートに白のロングシャツ。ちょっと肌寒いから手には薄手のライダースジャケットを持っている。

思わず自分の着ている服に目を落とし、再び颯ちゃんに向き直った。

センス、悪かったかな？

隣を歩いていて思うけど、学校で颯ちゃんの隣でお昼を食べていた時とはまた違った居心地の悪さを感じる。それはまわりの女子の視線が、颯ちゃんに注がれたあと、必ず私のほうにも向けられるから。学校の時であればテリトリーが狭い分、状況もすぐに伝わるし、見られる人間なんて学校内の女子くらいだ。だけど今は違う。手当たり次第あたりの女子に視線を注がれるのは、かなり居心地が悪い。だって明らかに値踏みされているのが伝わるから。

「なんか、変ですか？」

ドキマギしながらそう問いかけると、颯ちゃんはふいっとそっぽを向いて、ぼそりと一言。

「新鮮で、いいなと思って」

「んーっと……？　それはどう捉えたらいいんですか？　アウトかセーフで言えば、セーフ？　俺の隣を歩いてもダサくねー。大丈夫だぜ、的な意味ですか？」

私が首をかしげながらそう言ったら、すんごい勢いで振り返られた。

「……それ、マジで言ってんのか？　なんだそれ、そんなこと言ってるヤツが彼氏とか嫌だろ！」

「だって颯ちゃんは王様だし？」

そして私は下民だ。

「なんだそれ！」

颯ちゃんの尖った目が今度は丸く見開かれた。

「お前、俺のことどういう目で見てんだよ」

「だから、王様？」

「意味わかんねーし！」

怒り気味だった颯ちゃんの反応は徐々に脱力へと向かっていって、今は肩を落としている。はー、なんて盛大なため息までつく始末。

「なんでいつも話をねじ曲げんだよ」

「曲げてません。むしろ颯ちゃんが回りくどい。はっきり言ってください」

「だーかーらー、似合ってるって言ってんの。私服もいいなって意味だろ」

こんな言い方は不服だとでも言いたげに、颯ちゃんはセットしてきたであろう茶色い髪を乱しながら頭を掻いている。

「え!?　あっ、ありがとうございます……」

思わぬところからまさかのお褒めのお言葉。意表を突かれて顔がにやける。それを必死で堪えようとするものだから、今絶対に変な顔をしていると思う。だから颯ちゃんの視線から逃れるように私は顔を背けた。

「あっ、広場が見えてきたな」

そう言って颯ちゃんが指さす先を見やると、そこには見渡す限り色とりどりの花畑。入り口には花であしらわれた大きなアーチが立てられ、チケットを持っている私たちは係の人にそれを手渡して、そのまま中へと入っていった。

中に入った私たちを待ち受けていたのは視界いっぱいに広がるチューリップ畑。それも今までに見たことのないような種類ばかり。色とりどりなのはもちろん、花弁の先だけ色が変わっているもの、真っ白なチューリップの花弁の先を細かくハサミでカットしたような、上品なレースのハンカチを思わせるようなもの。

チューリップを植えられた隙間からいくつもの花をつけて真っ直ぐ伸びるヒアシンス。その奥には真っ白なクレマチスの花が満開に咲いている、花のトンネル。他にも、私も名前の知らないような花がたくさん広がっている。こんなのを前にしたら、テンション上がらずにはいられない。

「すごい、すごいね！」

こんなにたくさんの花を久しぶりに見た気がする。学校の花壇に植えているものとは規模が違いすぎて、圧巻だった。今日は天気もよくて空が高く見える。青い空から射す日の光が花たちをさらに生き生きとさせていた。

「あっ、あっちに桜が！　満開だ！　颯ちゃん早く！」

私がそう急かして颯ちゃんの袖を引っ張ると、颯ちゃんは太陽の光にも負けないくらい眩しい満面の笑みを浮かべて私の手を取った。

「そう慌てんなよ、まだ来たばっかだろ。ゆっくり見て回ろうぜ」

颯ちゃんに手を握られた瞬間、私の上がっていたボルテージは落ちついていく。

それなのに、体温だけは上昇していく。

「……かすみ、お前の手、熱すぎねぇ？」

颯ちゃんが私の手を握りながら眉根を寄せた。そんな様子の颯ちゃんを見て、私は空いているほうの手で握りこぶしを作った。

「颯ちゃん、久しぶりに殴られたいみたいですね」

「はっ？　なんでだよ」

「そんなの乙女の事情に決まってるじゃないですか」

「ははっ、乙女の事情か。なるほどな」

颯ちゃんは笑いながら再び私の手をギュッと握り直した。柔らかく微笑む颯ちゃんの横顔を見上げて、ふと昔の面影を重ねた。

初めて見た時の颯ちゃんも同じような表情をしていた。あの時の表情をもう一度見たくて、私は颯ちゃんの友達〝役〟を受け入れた。お昼を一緒に食べるだけの関係。それまでは遠くから学校のアイドルを見つめるだけの日々。でも私は、それでよかった。私は遠くから見つめているだけでよかった。

ただ、颯ちゃんに昔のような笑顔を取り戻してほしかった。それは私が隣に立つことで得られるようなものじゃないって思っていたから、私にはただ願うことしかできなかった。

それが約一年前の話。

一年前の私が今の私を見たら信じられないと思う。あの時の私が、颯ちゃんの隣で、颯ちゃんと手を繋いでこうしてデートできるなんて思いもしなかった。

ヒーローの隣にはヒロイン。そのヒロインは私なんかじゃないし、ヒロインになろうなんて考えすら出てこなかった。

だって私は、お姉ちゃんの妹だから。颯ちゃんが、ヒーローが想い続けていたヒロインの妹。その妹に誰がなびく？　ヒロインはパーフェクトだけど、妹は普通。なんのアビリティも特殊な能力も持ち合わせていない。そんな相手に誰がときめく？

そんな考えしか当時の私は持ち合わせていなかった。

――何をしてももてはやされるのはお姉ちゃんのほう。何をやっても秀でているのはお姉ちゃんのほう。

昨日の夢が私の脳裏をよぎる。

「ん？　どうかしたか？」

知らず知らずのうちに颯ちゃんと繋いだ手に力が加わっていたみたいで、颯ちゃんが不思議そうな顔で私を見おろした。

「ううん、なんでもないです」

ちょうど通りかかった先にはたくさんの椿《つばき》が咲いていた。赤、白、ピンク。どれも品があって、香《かぐわ》しい香りがする。そんな椿を見て、私はふと思った。

椿は赤と白の色によって花言葉が大きく違う。赤は控えめな素晴らしさ、気取らない優美さ。白は完全なる美しさ、申し分のない魅力、至上の愛らしさ。それはどれもがお姉ちゃんを思わせる。

謙虚で、美人。それでいてひとつも気取らなければ鼻にかけない。お姉ちゃんは否定するかもしれないけれど、まわりから見たお姉ちゃんは完璧だ。それは白い椿の花言葉のように。

——お姉ちゃんばっかり、ずるい。

私は思わず頭を振った。そんなふうに思ったことがないかと言われると、嘘になると、そう思って。昔は心のどこかでそう思っていたかもしれない。だけど、お姉ちゃんは誰に対しても分け隔てなく優しくて、私の憧れだった。

永遠の憧れ。そのことに気づいてから、そんなふうに思ったことはなかった、つもりだった。あの夢を見るまでは。

「颯たん」

「ん？」

「颯くん」

「なんだ？　なんだ？」

颯ちゃんは訝《いぶか》しげに私を見おろして、頭を掻いた。

「呼び名、変えようと思いまして。颯次郎《そうじろう》さん」

「誰だよ颯次郎って。それすでに俺じゃねーじゃん」

「じゃあ何がいいですかね？」

「どうしたんだよ、急に」

颯ちゃんって呼び方、ずっと憧れていた。それなのに、今はそう呼びたくないって思っている。

――颯ちゃん。そう呼ぶたびにお姉ちゃんの顔が浮かぶ。罪悪感が私を押しつぶそうとする。

椿の香りがどんどん強くなる。甘い香り。その香りが私の鼻孔内から肺の中にまで充満して、やがて、呼吸が苦しくなった。

「かすみ？」

やけに太陽の光が眩しく見えて、あたりが眩しくて。

やがて私の視界はホワイトアウトした。

「かすみっ！」

＊

寒い、と感じるくせに、熱いとも感じる。喉の渇きを感じて、私はゆっくりと目を開けた。

「あれ……？」

「起きたか」

心からホッとした颯ちゃんの顔を見て、私は事態をのみ込めないでいた。そもそも、なぜか私は横たわっているらしい。しかも颯ちゃんの膝を枕に、して……！

「えっ、なんで⁉」

飛び起きようとしたら、脳みそがぐらりと揺れた。起き上がろうとする私を険しい表情の颯ちゃんが制した。

「さっき急に倒れたんだろ。覚えてないのか？」

そう、だったんだ。私はベンチに仰向けに寝そべり、颯ちゃんは私の頭を膝に乗せて座っている。

この状況に発狂しそうになった。そして颯ちゃんがどうやって私をここまで運んでくれたかは考えないようにした。

「で、いつからだ？」

ひやりと私の額が濡れる。颯ちゃんがスポーツドリンクを私の額に当ててくれた。

「いつから、とは？」

「決まってるだろ。いつから体調悪かったんだ？　お前、熱あるだろ」

「ないですよ熱なんて。今日は暑いからじゃないですか？」

なんてセリフが通じる相手じゃないってわかっていても、つい誤摩化すようなことを言ってしまう。

「異様に手が熱いと思ってたけど、俺も気候のせいかと思った。けど、熱だろそれ」

颯ちゃんが怒りながらも呆れたようにそう言った。

そんな顔しないでくださいよ。そう思って私は上体を少し起こして、颯ちゃんからスポーツドリンクを受け取った。喉がカラカラだった。

「熱なんて測ってないし。だからあるわけない」

「何を根拠に言ってんだよ。測ってなくてもあるだろ」

本当は昨日の夜から体調が優れなかった。昼間寝汗をかいてそのあと着替えもせずに颯ちゃんと話していて、電話終えたあとはデートのことがうれしくて身震いしているんだとばかり思っていた。

だけど、そうじゃなかったみたい。電話が終わったあとには汗も引いて体が冷えていた。慌ててシャワー浴びたけど、それもよくなかったのか、夜には体の節々が痛み出していた。

「言ったら、今日会うのやめてたでしょ?」

「当たり前だろ」

ほらね、だから言わなかったんだよ。言ったらそうなっていたじゃん。

この春休み一度も会えてなかった。その上颯ちゃんからせっかく誘ってくれたのに、断りたくなかった。

「あのなぁ、今日がダメでも別の日に来ればいいだろ」

「そりゃ、そうだけど……」

ああ、ダメだ、ダメだなぁ。私は少しずつ欲張りになってきているのかもしれない。全然可愛くなれない。ふてくされてばっかで、こんなんじゃ颯ちゃんに愛想つかされてしまう。というか、初デートですでに振られてしまうレベルかも……。

熱のせいでか、どんどん弱気な考えが浮かぶ。自分でもびっくりするくらい後ろ向きだ。スポーツドリンクの蓋をして再び首元にそれを当てる。ひんやりとした冷たさが、とても気持ちいい。少しはこれで頭を冷やさなければ……そんなふうに思っていた、時だった。

「かすみ！」

えっ……？　私は驚いて声のするほうに振り返った。すると——。

「かすみ大丈夫⁉」

私の元へと駆け寄ってきたのは、予想外な人物。

「お姉ちゃん、なんでここに……？」

キャップを深くかぶっただけの姿で現れたお姉ちゃんは、心配そうな顔ですぐさま私のそばまでやってきた。私はむくりと起き上がり、お姉ちゃんの顔をマジマジと見つめてから、颯ちゃんへと視線を動かした。

颯ちゃんが、連絡したの……？

私の心の声を拾ったかのように、颯ちゃんはどこか気まずそうに頭を掻いた。

「かすみが倒れたって聞いて、慌てて来たの」

そう言ってお姉ちゃんは颯ちゃんのほうをチラリと見た。けど、颯ちゃんはお姉ちゃんのほうは一度も見ない。

……やっぱり、颯ちゃんがお姉ちゃんに連絡したんだ。というか、お姉ちゃんと連絡取り合ってたの……？　そう思うと、心がミシッという音を立てて軋《きし》んだ。

「慌てて来たって、どこから来たの？」

「今日はここで撮影があって、それにかすみもここに来るって颯ちゃんに聞いてたから。って、そんなことより、かすみは大丈夫なの？」

「うん、大丈――」

「コイツ熱があるんだ。しかも倒れたくらいだからな、結構高熱だと思う」

颯ちゃんは私の言葉を遮って、お姉ちゃんの問いかけに返事をする。

どんな顔をしているのか確かめたくて、私はまた颯ちゃんに視線を送ると、今度は真っ直ぐお姉ちゃんを見つめていた。

その瞳に映るお姉ちゃんを、颯ちゃんはどう思っているの——？

そんなふうに思って、私は思わず顔を伏せた。

「えっ、そうだったの⁉　大変、早く病院に行かなきゃ！」

お姉ちゃんは私の腕を掴んでスマホをポケットから取り出した。

「ちょっ、待って待って！　大丈夫だよ。ちょっと休んだら治るから」

「なに言ってるの。倒れたんでしょ？　もし何か大きな病気だったらどうするの」

このお姉ちゃんの慌てようだと、救急車でも呼びかねない。昔からお姉ちゃんは心配性だ。私がケガしたり病気になると母親以上に心配してくれる。

ああ、だから私はお姉ちゃんっ子なんだ。いつも私を大切に思ってくれる、心優しいお姉ちゃん。私の自慢のお姉ちゃん。

「とにかく休まなきゃ、こんなところじゃ悪化しちゃう。マネージャーに連絡して近くに車回してもらうから、一緒に帰ろう」

「えっ、お姉ちゃん仕事でしょ」

「気にしないで。まだ少し時間あるから大丈夫よ」

「でも……」

私はちらりと颯ちゃんを見やる。けど、颯ちゃんもお姉ちゃんの意見に賛成だと言いたげな視線を投げ返されただけだった。

「颯ちゃんはどうする？　近くだし一緒に乗っていく？」

「いや、俺はいい。かすみだけ頼む」

颯ちゃんはポンッ、と私の頭に手を乗せた。

私、帰りたくないんだよ……？　そう思って颯ちゃんに視線を送るけど、颯ちゃんは私をなだめるみたいに小さく微笑んだ。

「また、連絡する」

そんなふうに言われたら、何も言えなかった。

＊

「かすみ、颯ちゃんと付き合ってるんだね」

マネージャーさんの車に乗せてもらってすぐ、お姉ちゃんが先に話を切り出した。

やっぱりって思った。やっぱりお姉ちゃんはもう、知っていたんだ。

「颯ちゃん、から聞いたの……？」

私はお姉ちゃんの顔が見られなかった。車の扉に体を預けて、流れゆく景色を見つめながらそう言った。私の胸は今までとは違った痛みで押しつぶされそうだった。

「うん」

キッパリと言ったお姉ちゃんのその言葉に、私の脳裏には後悔の二文字がよぎった。

だって私は知っていた。お姉ちゃんはまだ颯ちゃんのことが好きだということを。

それなのに――。

熱のせいで涙腺が緩い。私は視界がぼやけてきたけど、必死になってそれを押し戻した。

「かすみは私のファン第一号だよね」

「……うん」

「私に彼氏ができた時は適正にジャッジを下してくれるんだよね？」

「うん」

「じゃあ、私もかすみの彼氏が適正か見定める必要があるよね」

お姉ちゃんは、体を反転させて私と向き合った。

そして――私を抱きしめて、こう言った。

「颯ちゃんなら、許す！」

お姉ちゃんの甘い香り。それは椿の花から香ったものとは違って、もっとマイルドで、もっと柔らかいもの。私を突き放すような、押しつぶすような香りとは違う。

「かすみのことだから、きっとたくさん悩んだんだよね？　私に言うこともできなくて、相談もできなくて、苦しんだんじゃないかな？」

……なんで、わかるのかなぁ。

気がつけば私は、お姉ちゃんにしがみつくようにして抱きついていた。

「気をつかわせてごめんね」

なんでお姉ちゃんが謝るの？　謝るのは私のほうなのに。だって悲しいのはお姉ちゃんのほうでしょ？　颯ちゃんと別れる時、どんな気持ちでいたのかを私は知っている。それなのに、私は颯ちゃんと付き合うことにした。

別れを切り出したのはお姉ちゃんのほうだとしても、身内で大好きな人と付き合うって、一瞬取られたような感覚になることも私は知っている。だから……。

「私は、お姉ちゃんじゃないのに……お姉ちゃんが颯ちゃんをどう思ってるのか、知ってるのに……」

「私はもう過去だよ。かすみを選んだのは颯ちゃんで、颯ちゃんを選んだのはかすみでしょ？　自信持っていいんだよ。だからほら、そんな顔しないで、ね？」

子供の頃、こうやってよくお姉ちゃんに慰めてもらっていたっけ。私が泣くと、頭をよしよしながら、泣きやんでって……。

「この間、別れてから初めて颯ちゃんから連絡が来たんだ。その時に颯ちゃん、かすみと付き合ってるって言ってた。びっくりしたけど、でも颯ちゃんさすがだね。世界で一番いい子を掴まえたんだもんね」

お姉ちゃんの優しい言葉が、私の頬に一筋のぬくもりを与えた。

「世界で一番お似合いなのはお姉ちゃんだったんだよ。私はずっとそう思ってた。颯ちゃんにとってのヒロインはお姉ちゃん以外にいないって思ってた。だから私では力不足だし、このポジションに違和感しかないし」

　素直な気持ちを告げると、私の頭を撫でる手がさっきよりももっと優しくなった。お姉ちゃんは私の頭に頬を寄せて、こう言った。

「かすみが私を大切に思ってくれるように、私にとってもかすみは大切な妹だよ。そして、颯ちゃんもかすみのことを同じように思ってる。だからかすみは胸を張って、颯ちゃんの隣にいればいいの」

　お姉ちゃんにあやされている間に、車は我が家に到着した。私は何か言いたいと思ったけど、たくさんの感情が喉を締めつけて、それ以上は何も言えなかった。

　あのあと、私を家へ送り届けてくれたお姉ちゃんは、そのまま再び緑地公園へと帰っていった。

　ゆっくり休息をとること。ちゃんと食べて、薬を飲むこと。完治するまで家から出ないこと。お姉ちゃんは私にそう約束させた。

　まるでお母さんだ。むしろお母さんのほうがこういうことをうるさく言わない。

　私が家に入る直前、最後にお姉ちゃんがこう言った。

「かすみ、今度はゆっくり笑って話そうね」

そう言ったお姉ちゃんは笑っていた。やっぱりお姉ちゃんは完璧だ。どんな花よりもきれいに見えるお姉ちゃんの笑顔を見て、私の心はすっと軽くなった。

やっぱり私のお姉ちゃんはすごい。お姉ちゃんは私の憧れの人。一生敵わないし、私が一生憧れ続ける人。

――次の日。

「かすみーお客さんよー」

そう言って、お母さんは遠慮なしに部屋を開けた。

「お客さん?」

「お見舞いにお花届けてくれたから家に上げたんだけど、部屋に呼ぼうか?」

花? お見舞い? それって……。

「ちょっ、ちょっと待ってて!」

私は慌てて髪を梳かし、服を着替えた。化粧はさすがにやりすぎだと思うし、そんな時間もないし。とにかく部屋に散らかっているものをすべてクローゼットに押し込んで、無理やり部屋をきれいにした。

「ど、どうぞー!」

「じゃあ連れてくるわね」

そう言ってお母さんが扉から顔を引っ込めたと思ったら、数秒後にやってきたのは、やっぱり颯ちゃんだ。

「あ、なんかすみません。すぐに帰りますので」

「いえいえ、どうぞごゆっくり」

颯ちゃんが私の家でお母さんと会話をしている。なんて不思議な光景だろう。お母さんに会釈して颯ちゃんは私の部屋に遠慮がちに入った。

「悪い、なんか花だけ届けるつもりだったんだけど……」

「あっ、いえ、気にしないでください。むしろお母さんのほうが遠慮なしなので、すみません……」

面食いなお母さんはきっと、颯ちゃんがイケメンだから上げたんじゃないかと思う。食い下がったのはきっとお母さんのほうじゃないかと思うから、むしろ申しわけないのはこっちだ。

「今日は、調子どうだ？」

「あっ、熱は下がりましたよ」

「そっか、よかった」

ホッとした表情。そんな表情に病気で弱った私のハートは簡単にキュンと唸った。

「本当に今日はこれを届けに来ただけで、これを届けたあとに連絡しようと思ってた」

そう言って差し出されたのは、私の大好きなガーベラとかすみ草の花束だった。

「私も連絡しようと思ってました。昨日は途中で帰ってすみませんでした。そして、ありがとうございました」

私がそう頭を下げたら、なぜか颯ちゃんはふっと笑った。

なんで？と思って首を傾げていると、颯ちゃんはおかしそうにこう言った。

「昨日、一瞬だけタメ口になったのにな。もう元に戻ってやがる」

えっ？　そうだっけ……？　昨日のことはもうすでにおぼろげだった。

まぁ、少しずつな、なんて言って、颯ちゃんは再び真剣な表情に戻った。

「昨日は俺も、かすみの体調に気づかなくてごめん。あと、驚かせて悪かったな」

それって……。

「お姉ちゃんのことですか……？」

颯ちゃんは小さく頷いた。

「ああ、花の博覧会のHP見た時に、風花が撮影で来ることは知ってた。だから本当はあのチケット、もらったんじゃなくてかすみとあそこに行く口実に用意してたんだ」

「なんでまた……？」

そんな回りくどいことを？　私が首をかしげながら颯ちゃんの顔を窺《うかが》うと、颯ちゃんは目を逸らしながらこう言った。

「ちゃんと風花交えて言おうと思って」

「何を？」

私が再び首をかしげると、颯ちゃんは私の持つ花束を指さしてこう言った。

「ガーベラの花言葉は、知ってるか？」

ガーベラの花言葉？　私は再び花束に視線を落とした。そこには五輪の赤いガーベラ。ガーベラの花言葉は希望、常に前進。そして赤はたしか……。

「神秘とか、前向きとか……でしたっけ？」

颯ちゃんは頷いたあと、花束から一輪のガーベラを引き抜いた。

「じゃあ、西洋の花言葉は知ってるか？」

「西洋の……？」

花言葉はとても多い。東洋と西洋で意味も若干異なったりするし。好きな花だけど、私はそこまで詳しく覚えていない。

するとと、私のそんな様子を汲《く》んで、颯ちゃんは口を開いた。

「愛情、ロマンス」

へぇ、って思った瞬間だった。

「こないだはちゃんと言えなかったけど」

颯ちゃんはさっき引き抜いた一輪のガーベラを差し出して、私を真っ直ぐ見つめながらこう言った。

「俺は、かすみが好きだ。風花よりもずっと」

……ああ、また風邪をぶり返したのかもしれない。だって顔が火照ってきたし、何せ涙腺が緩むから……だから私はまだ病気なんだと思う。

「風花とちゃんとけじめつけてきた。俺なりのけじめをな」

颯ちゃんはいつまでも私が花を受け取らないから、手に持っていたガーベラを私の耳の後ろにそっとかけた。まるで髪に花を飾るみたいに。

「不安にさせて、ごめんな」

颯ちゃんは私の頬を伝う涙を指の腹ですくい上げ、さらにこう言った。

「俺と、今度こそちゃんと、付き合ってください」

ヒーローはやっぱりカッコいい。最後の最後はちゃんと、決めゼリフまでキメちゃうんだから。

私はそんな颯ちゃんのヒロインになれるかな……？

なれるかどうかはまだわからないけど、ヒロインならきっと、こう言うと思う。

「はい、よろしくお願いします」

私はもらったガーベラの花と同じくらい、満開の笑みで笑った。そしたら、颯ちゃんはうれしそうに笑い返してくれた。

ああ、そうだ。私はこの笑顔が見たかったんだ。

ずっと、隣で。ずっと、この笑顔を——。

Fin.

あとがき

こんにちは。浪速ゆうです。

このたびは『キミと初恋。』をお手に取っていただき、本当にありがとうございます。

もう口絵漫画もご覧いただきましたか？　私自身、野いちご文庫は初の出版の為、イラスト・漫画がつくというだけで、とても幸せです。その上とても可愛いイラストで仕上げていただき、感無量です。

今回三冊目となる本作のヒロイン、かすみ。彼女は今までの作品の中で一番一途な子です。

彼女には完璧な姉がいて、コンプレックスは簡単に手に入る状況下でも、それを仕方ないと受け入れる心の広さを持っています。

それは一種の諦めという言い方もできますが、彼女は真っ直ぐに、純粋に、人の幸せを願える子です。

大切な人だから、幸せを願える……そんな真っ直ぐで一途な彼女の幸せのカタチをお話の中で紡いだつもりです。

誰でも何かしらのコンプレックスは持っていると思います。ですが、それをどう見るかが重要なのだと私は思います。

仕方ないと割りきって、それはそれとして別のところに目を向けることができればきっと、今よりも心は豊かになるのではないでしょうか？

学校、塾、習い事、バイト、仕事……何かしら忙しく生活されている皆さんに、この本が少しでも心の安らぎを提供できればいいなと思いながら、書き上げました。


今回も出版にはたくさんの方々のお力添えをいただきました。

初の野いちご文庫での出版で助けていただいた、相川様。編集作業で支えて下さった、酒井様。表紙や漫画を担当して下さった、イラストレーターの優木わかな様。そして、読んで下さった読者の皆様。

心からお礼を申し上げます。本当に、ありがとうございました！

二〇一八年十月二十五日　浪速ゆう

この物語はフィクションです。実在の人物、団体等とは一切関係がありません。

浪速ゆう先生への
ファンレター宛先
〒104-0031　東京都中央区京橋1-3-1　八重洲口大栄ビル7F
スターツ出版（株）　書籍編集部気付　浪速ゆう先生

キミと初恋。

2018年10月25日　初版第1刷発行

著　者　浪速ゆう　©Yu Naniwa 2018

発行人　松島滋
イラスト　優木わかな
デザイン　齋藤知恵子
DTP　朝日メディアインターナショナル株式会社
編　集　相川有希子　酒井久美子
発行所　スターツ出版株式会社
〒104-0031
東京都中央区京橋1-3-1 八重洲口大栄ビル7F
TEL 販売部03-6202-0386（ご注文等に関するお問い合わせ）
https://starts-pub.jp/

印刷所　共同印刷株式会社
Printed in Japan

乱丁・落丁などの不良品はお取り替えいたします。
上記販売部までお問い合わせください。
本書を無断で複写することは、著作権法により禁じられています。
定価はカバーに記載されています。
ISBN　978-4-8137-0554-3　C0193

恋するキミのそばに。
♥ 野いちご文庫 ♥

可愛いカラーマンガつき！

365日、君をずっと想うから。

SELEN《セレン》・著
本体：590円＋税

彼が未来から来た切ない
理由って…？
蓮の秘密と一途な想いに、
泣きキュンが止まらない！

イラスト：雨宮うり
ISBN：978-4-8137-0229-0

高２の花は見知らぬチャラいイケメン・蓮に弱みを握られ、言いなりになることを約束されられてしまう。さらに、「俺、未来から来たんだよ」と信じられないことを告げられて!?　意地悪だけど優しい蓮に惹かれていく花。しかし、蓮の命令には悲しい秘密があった──。蓮がタイムリープした理由とは？　ラストは号泣のうるきゅんラブ!!

感動の声が、たくさん届いています！

こんなに泣いた小説は
初めてでした…
たくさんの小説を
読んできましたが
1番心から感動しました
／三日月恵さん

こちらの作品一日で
読破してしまいました（笑）
ラストは号泣しながら読んで
ました。°(´つω·`。)°
切ない……
／田山麻雪深さん

１回読んだら
止まらなくなって
こんな時間に!!
もう涙と鼻水が止まらなく
息ができない(涙)
／サーチャンさん